致纯真的你

的你

—— 十五个成长故事

殷健灵　著

人民文学出版社　天天出版社

向着明亮那方
向着明亮那方

哪怕一片叶子
也要向着日光洒下的方向

——金子美玲

图书在版编目（CIP）数据

致纯真的你：十五个成长故事 / 殷健灵著. –– 北京：天天出版社，2018.1

ISBN 978-7-5016-1352-6

Ⅰ.①致… Ⅱ.①殷… Ⅲ.①故事–作品集–中国–当代 Ⅳ.①I247.81

中国版本图书馆CIP数据核字(2017)第275732号

责任编辑：张菱儿 　　　　　　　　美术编辑：林 蓓
责任印制：康远超 张 璞

出版发行：天天出版社有限责任公司
地址：北京市东城区东中街42号 　　　　邮编：100027
市场部：010-64169902 　　　　传真：010-64169902
网址：http://www.tiantianpublishing.com
邮箱：tiantiancbs@163.com

印刷：天津市豪迈印务有限公司 　　经销：全国新华书店等
开本：880×1230 　1/32 　　　　　　　　印张：9.75
版次：2018 年 1 月北京第 1 版 　印次：2018 年 1 月第 1 次印刷
字数：170 千字 　　　　　　　　　印数：1–20,000 册

书号：978-7-5016-1352-6 　　　　　定价：35.00 元

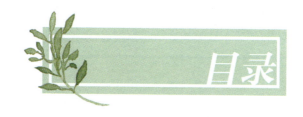

目录

开篇

孩子，你身上最迷人和最宝贵的是什么？

是你的纯真。

有时候，纯真和天真、简单、幼稚以及不谙世事等是近义词。在你蓬勃的生命里，纯真和你新鲜的目光一样，散发着草木的芬芳和露水的清新。它几乎是与生俱来的。人们歌颂它，多半是因为它的澄澈美好与脆弱易逝，就像——时间。

是的，时间。

时间往往让人欢喜，也让人叹息。

虽然你只是成长中的人，也一定能感觉到从指缝间无声流逝的时间吧，或许也产生过"不想长大"的念头。但终究，时间是挽留不住的。好在，我们还有记忆，这是唯一能够挽留时间的方法。更为奇妙的是，随着光阴的继续流逝，你会发现原先的记忆将被涂抹上各种各样的颜色，变成你预想不到的样子。假如没有亲身经历过，你是无法体会这种奇妙的。令人苦恼的是，没有人可以提前看到未来的自己，对未来自己的想法更是摸不着头脑。

但我，却傻乎乎地想让这种奇妙提前在你身上发生。并且，我也傻乎乎地认为，纯真可以长久地映照在你明澈的眼睛里。成长的路上，一边了解着世界的真相，一边努力用欢喜的心拥抱复杂。一个人，无论走多远的路，仍然有可能让自己洞彻世事葆有纯真，仍然可以在一片苍茫和昏暗中找到属于自己的光。

于是，便有了这本《致纯真的你》。这十五个故事，都和正在长大着的你有关，与一些无法言说的成长隐秘有关，当然，也和逝去的时间有关。它们随着时间沉睡和流淌，一点一点凝聚到我的笔端。这些故事里有很多人的成长记忆，有喜悦，也有伤怀，更有说不清道不明的微妙。它们拥有自己的温度和生命。

很多时候，你对世界的重新发现，是从对自己身体的重新认识开始的。对成长中的你来说，你的身体就仿佛一整个世界了——尤其当它忽然变得陌生的时候。其实，你的身体如同一株植物，也会发芽，抽枝，拔节，开花，结果……几乎每一天，你都会面对一个全新的自己。

同身体一起生长变化着的，还有那颗连你自己都看不明白的心——你的心好像一座寂静如雪的房子，当生命的潮汐暗涌，请你拔掉心窗上的插销。轻轻一推，窗就开了，所有春天的好风景都会涌进来——

第一个故事
初潮

一

"谁愿意做生理卫生课代表？"罗老师又问了一遍，她的声音略微沙哑，像是患了感冒，底气不足的样子。

没有人举手。

"谁愿意？"声音那头仿佛远远地有只鼓风机在响。

罗老师皱了皱眉，手指在讲台上焦灼地轻轻点了两下。初一（3）班很少发生这种令她尴尬的事。这学期，各门课的课代表由学生自荐，也算一种改革，其他课都报名踊跃，独独问到生理卫生课，底下竟鸦雀无声。

有人故作轻松地朝窗外看，更多的人低着头，回避着罗老师征询的目光。这些男孩女孩正是发育的年龄，可似乎谁都不愿承认这个，对生理卫生课讳莫如深，上课时所有的人都眼观鼻，鼻观心，心诚目洁意守丹田，但还是忍不住脸红心跳。出现这样的冷场亦在罗老师意料之中。

难挨的沉默之后，终于有一个小小的身子从座位上迟迟疑疑地站起来。是多米。

罗老师心里一亮，把有些欣喜的目光投向她。多米却没有接住，她照旧低着头，用不大不小的声音说："如果大

家都不愿当，那就我来当吧。"

多米是个早产儿，生下来才四斤二两，因为先天不足，长大后也弱不禁风，身体像片薄薄的叶子，比同龄的女孩矮半头。在班上，多米没有一官半职，心里偷偷羡慕别人收发作业簿时的神气劲，如今有了机会，便斗胆试试。

多米坐下时，旁的同学才恢复了正襟危坐的姿势，甚至能感觉到他们的心里悄无声息地舒出一口气来。气氛这才慢慢活跃起来。

自从当了课代表，多米上生理卫生课越发认真了，每次课前替老师拿挂图，分发练习册，乐此不疲。有一次因为临时改课，和（1）班并在一起上课，又恰巧没有挂图，多米竟然在黑板上用彩色粉笔端端正正地画了两幅男女解剖图，还一一标上器官名称，除了个别地方，她画得相当准确。老师和同学都惊得目瞪口呆，但从此多米也"臭名远扬"。她一下子变成了一个早熟的思想复杂的女孩，其他班的女孩在多米背后指指戳戳："别看她个子小小的，其实……"下面的话就不太清楚了，你可以充分施展你的想象力。多米背着书包经过（1）班门口的时候，一句热辣辣的话从耳边掠过，多米的眼泪差点涌出来。

罗老师大概也听说了什么，放学后把多米叫到办公室。办公室的窗台上放着一盆米兰，开着花，淡黄的花蕊一小

簇一小簇地从叶间冒出来，芬芳而淡雅。多米家里的米兰也开了花，只是花苞没那么多，像寂寥的星星。

"你做得很对，多米。"罗老师说，"笑话你的同学是因为他们太不懂事，长大了他们就会明白自己是多么傻。"

多米点点头，她并不完全懂那话里的意思，但还是从罗老师的目光里得到了些许安慰。

二

多米在画解剖图前一直不受重视，而自那以后，男生的目光里似乎有了一点变化，这是另一种效应。这个懵懂的年龄，是男孩女孩相互吸引又排斥的年龄，一个瘦小的女孩在众目睽睽之下，在黑板上画下男女生殖器官，那情景的确撼人心魄。而做这一切，多米全然是出于一份责任心，哪怕她自己也是一知半解。可别人不这么看。

开始有男生主动和她搭话，话音里半是调侃半是认真。晏老是回头朝她看。晏有好听的文绉绉的名字，长相却不敢恭维。宽脸盘上布满了雀斑，一笑便露出满口黑黑的参差不齐的牙齿。晏还是留级生。趁没人的时候，晏走近多米，上下打量一番，目光停在她平坦的胸脯上，阴阳怪气地从鼻子里哼出一句："你大概是长僵了吧？怎么像棵豇豆

芽。"多米几乎要窒息，强忍着不去看晏的脸，眼神停在摊开的课本上，手微微发抖，一股凉气在她的胸膛里翻腾。

多米想哭，但不可以。

这时多米发现自己正抬头迎视着晏，并看见他撇了撇嘴，无趣地晃荡着走开。多米的手心汗津津的，发觉一只温热的同样汗津津的手在她的掌心轻触了一下，然后迎来了同桌叶子湿湿的目光。她半俯着身子，脸色像纸一样苍白，半边脸颊无力地贴在桌面上，右手捂着下腹，鼻息粗重。

多米想起刚才体育课上的一幕。

那是跑 800 米，女生们像遇到了瘟神一样地惧怕跑 800 米。这是多么折磨人的刑罚，跑一次 800 米，不但心跳如鼓，气喘如牛，双腿还像灌了铅般地沉重，几乎要死过去。一圈跑下来，叶子便已面色煞白，脚步越来越拖沓，到最后竟跌坐在地上。女生们呼啦一下跑过去围住她问长问短，叶子双手捂着肚子不说话，过了好半天，才抖抖索索地站起来。不知谁惊叫了一声："叶子，你裤子后面……"

只见叶子的裤子上触目地红了一大片，像枫叶的形状，其他女生一下子紧张起来，齐刷刷地围过来，神秘兮兮地不让男生看见。这时候，体育老师走过来。体育老师是男的，女生们都很尴尬，立在那儿不说话，互相使眼色。老师可能也看出了大家的心思，只是轻描淡写地说了句："以后碰

到这种情况要避免剧烈运动，否则对身体不利。"

班长陪着叶子去罗老师的办公室换衣服。叶子出来的时候，穿了罗老师的蓝裙子，长长大大的，像烧香婆，腰围太大，还用回形针别着。多米看着叶子，心里可怜她，却又有一种说不出的羡慕。叶子是真正的女孩子了，多米想。在多米周围，已有好多真正的女孩子了。在女厕所里，常见同年级或高年级的女生窃窃私语，或心有灵犀地相视一笑，多米能读懂她们眼睛里的内容，似乎有一种生命密码在里头。那是女孩子先天的感应。

而此刻，刚刚缓过来的叶子握紧多米的手，抬头望了望晏的背影，皱皱眉，小声地对多米说："别理他。"

多米对叶子笑笑，点点头。

三

冬天越来越近了，人变得越发慵懒。早上多米总起不来，妈妈一次又一次掀她的被角，冷风呼呼地灌进来，还是醒不了。妈妈不满地嘟囔："都上初中了，还像个小小孩。"多米就呼地坐起来："谁说我像小小孩？"

这一阵，多米最烦别人说她长不大，这似乎是对她的侮辱。在生着暖气的浴室里洗澡，多米感受着温暖的细细

的水流抚摩着肌肤，舒舒爽爽，痒痒的，心里便泛起异样的潮暖的感觉。多米下意识地望了望镜子里的自己，她雪白的身体被笼在氤氲的雾气里，瘦瘦的肩胛和手臂让人联想到河边的柳树，单薄纤细，风吹即倒。还有看上去刚刚苏醒的胸脯……多米拿着浴擦的手在胸前缓缓移动，在身体上擦出一簇簇白色的泡沫，好像原野上的雪，热气蒙住了镜子……

多米想起了晏含义复杂的表情，几乎要哭出来了。她想自己当什么生理卫生课代表呢？让别人注意自己吗？还是给别人当靶子？每次妈妈跟人家介绍女儿是当课代表的，对方就会目光灼灼地问："是外语课代表吗？""不，是生理卫生课代表。"那眼睛里的好奇便会噗的一下如火星一般

熄灭，妈妈的话音也会变得懊恼无力。这让多米又自卑又恼火。

这天，多米起了个大早，为了不想听妈妈的唠叨，三口两口地啃完面包，又将牛奶灌进肚里，便出了门。

这是栋高层，电梯好一会儿才上到十七楼。多米走进去，冲电梯工咧嘴一笑，算是打了招呼。多米不善叫人，不像别的孩子嘴巴甜甜的讨人喜欢，这让她稍感自卑，时常在生人面前局促不安。电梯工说："这么早就上学啊？"多米点点头，说："我五点就起床了，早点去学校。"电梯工又爱抚地摸摸多米的手臂，说："我儿子最爱睡懒觉，他能像你这样懂事就好啦。"

下到十楼的时候，进来一个大学生模样的女孩。现在电梯里有了三个人。大学生模样的女孩冲多米笑笑，这一笑便拉近了距离。多米还从没见过这个大女孩，她的打扮很奇特，不，应该说很有个性。她穿一件绿色的棉袄，下身穿着红色的牛仔裤，黑靴子，脖子上围一条火红的围巾。一红一绿，在她身上出奇地和谐，好像在冬天里惊遇了春天的气息。

"你叫什么？怎么从来没见过你？"大女孩粲然一笑，把多米心里的疑问提了出来。

"多米。我从来没这么早出门。"

"难怪。我叫饶，希望以后能常常遇见你。"

"我也想呀。"多米说。

饶又笑起来，她很爱笑，爱笑的人容易接近，何况饶的笑容很美，孩子气地单纯。

就这样，多米和饶认识了。她们一同走出电梯，还并肩走到车站。上车的时候，饶对多米挥挥手说："我挺喜欢你的，以后来找我玩好吗？记住，十楼！"多米使劲地点点头，心里有一朵花悄悄地绽放开来。

多米目送着车子远去，直到车尾消失在早晨湿漉漉的雾气里。饶的大学在这个城市的西北角，那所大学有着这个城市最美丽的校园。在饶以前，多米还没有接触过这个年龄的大女孩呢。

四

叶子的座位空着，罗老师说叶子请了病假。后座的女生冲多米挤眼睛，神色暧昧地说："一定又是那个事情。"上个月这个时候，叶子在罗老师的办公室里抱着热水袋不肯出来，后来还是她的爸爸用自行车把她驮了回去。叶子走后，女生们长吁短叹，同病相怜的样子。多米还没有那样的烦恼，不知这是幸运还是遗憾，但那也许迟早会有，

多米想。

不知为什么，多米一直想着饶，脑海中影影绰绰地闪现着饶的被风吹动的红围巾，围巾的流苏在朔风里颤抖，仿佛震颤的火苗。

饶每星期回家一趟，多米家的电话会"铃铃铃"地响，多米便知道是饶回来了。她风一样地蹿到十楼，去敲饶的门。

饶有自己的房间，饶的房间和饶一样有个性。天花板被画成了天空，是那种透明的秋天的蓝色，有大朵的游走的白云，墙壁上装饰了干芦苇和云南的扎染壁挂，乡野气息扑面而来。

饶说她喜欢田园风光，最欣赏陶渊明"采菊东篱下，悠然见南山"的意境，即使身居都市，也要为自己营造一种自然氛围。"这样会保持恬淡的心境。"多米听饶说"恬淡"两个字，见她薄薄的嘴唇弯成好看的月牙形，心被一只无形的手轻轻一点。

饶坐到琴凳上给多米弹琴，琴声流水一般涓涓流淌。多米注视着饶沉醉的侧影问："是不是女孩长大了都像你一样快乐？"

"难道你不快乐？"饶问。

多米点点头，然后她说起生理卫生课上的尴尬，说起晏恶劣的玩笑，还有叶子……饶仔细地听着，一直专注

地看着多米的眼睛。多米看见有一丝微笑从饶的眸子里滑过去。

"我很幼稚，是不是？"多米住了口，抿起嘴巴。

"不，你很幸福。"饶纠正她，"你那么单纯那么可爱，很多人都会羡慕你。"饶说完，依旧微笑着注视多米。

多米想，饶是在安慰她。可她还是忍不住问饶："是不是我自荐当生理卫生课代表很傻，我真的是惹火烧身，本来我一点都不显眼，可自从画了解剖图，别人都对我另眼看待，可我又不敢辞职……"多米絮絮叨叨地说着，眼睛里蒙了一层委屈的雾。

饶仔细地听着，脸上的表情渐渐舒展开来："要知道，你有多么勇敢，多么了不起，那些笑话你的同学是因为嫉妒你。真的，多米，长大是一件很美丽的事情，别的孩子不能正视它，而你比他们领先了一步。"

"美丽的事情？"多米重复了一遍。

"是的，美丽的事情。"饶说。

多米还是觉得饶没有完全解决她的问题，但心里多少好受些了。

饶似乎看出了多米的心思，又补充了一句："这是一个过程，将来你会明白的。"饶冲多米很肯定地点点头。

然后多米岔开话题，问起饶大学里的事情。对于多米

来说，连上高中都似乎遥不可及，更不用说大学了。饶说她的寝室里住着 8 个性格各异的女孩，来自天南海北，每天都有故事发生。在大学里，只要你愿意，便会学到尽可能多的东西，它给你提供了最充分的自由和机会。饶说她上了大学才认识了自己，原来她也很内向，有时甚至自卑，后来她试图改变自己，尝试着敞开心扉，学会包容。

"你的心灵敞开了，就好比进入了另一个世界。"饶意味深长地说。

多米喜欢看饶说话的样子，喜欢看她的举手投足。饶的身体里流淌着一种年轻的汁液和神秘的气息，不说话的时候，饶的眼神也是语言，笑起来，便有一股不可遏制的青春活力在空气中飞扬了。

以后，我也会像饶一样吗？多米不止一次这样想。

五

春天到来了。

有一天，多米见饶脸色有些苍白，装着很懂的样子问："是不是因为那个？"

饶却笑而不答。好半天，饶才吞吞吐吐地问："你能不能帮我一个忙？"多米心里一惊，却有一种意外的惊喜。

　　她们说话的时候，一辆辆的自行车从身边驶过去，骑车人总要好奇地回头看一眼。暖风熏得多米有些醉了。这一高一矮的两个女孩，紧挨着走在一起，有一种很特别的美丽。多米好不容易弄懂了饶的意思，不知是不好意思，还是小看了多米的理解力，饶的话说得含含糊糊，有些晦涩，但多米毕竟是弄懂了，也许同是女孩，天生有共通的东西。

　　饶的意思是说，她遇到了一点小小的麻烦，有一个大学男生经常找她，给她送花，邀她看电影，可饶实在不喜欢那个男生，所以她总是找借口拒绝他。可那个男生锲而不舍，还是频频地给饶写信、送花，饶的心里便有些烦起来，怎样才能让他知难而退呢？饶想来想去，终于想起了多米，她觉得多米可以帮她这个忙。饶说话的时候，眼睛瞥着街沿，似乎不敢正视多米的目光。多米在心里暗自发笑，心想总是潇潇洒洒的饶也有尴尬的时候啊。

　　多米觉得自己是投入了一场游戏，主角是饶，配角是她。她乐颠颠地跟着饶去赴那个男生的约会，有一种恶作剧的快感。

　　那是一家坐落在闹市中心的风格典雅的电影院，多米远远地望见那个脸庞白净的可怜的男生站在门口，焦灼地翘首张望。饶捏紧了多米的手，脸上故意装出笑来。男生一见饶身边的多米便显出失望的神色。饶指指多米说："我

的表妹，我每回出来都要带着她。"怕对方没领会，饶又字正腔圆地重复了一遍。于是三个人进场，饶让多米坐在她和男生中间，拈了一颗话梅在嘴里含着，整场电影三个人没说一句话。电影放了些什么，多米全没看进去，只觉如坐针毡，想来饶也是。出场的时候，男生没说什么就和她们告别，饶的表情才稍稍放轻松一些。

"谢谢你，多米。"饶说。

"我没想到自己还能帮上你的忙，我总是以为只有我这个年龄的孩子才需要帮助。"多米喘了口气说。不知为什么，这个时候饶却沉默了。

她们跳上了往东驶去的 26 路空调车。车厢空荡荡的，售票员正和熟人聊天，她们拣了个靠窗的座位坐下。车缓缓地行驶着，路上行人的表情千姿百态，饶一直侧脸望着窗外，不言语，似乎有一种情绪在罩着她，那种情绪多米有些熟悉又有些陌生。

"怎么了？"多米推推饶说。

饶转过脸来，目光迷离着，她压低声音对多米说："我有一个秘密，谁都没有告诉，只告诉你。"饶顿了顿，继续说，"我喜欢一个人，可惜他已经有女朋友了。"

饶说到这里停住，用目光征询多米。多米并不能完全读懂饶眼睛里的内容，但隐约感到饶的语气里有很深很深的无奈和悲哀。饶的骨子里其实有那么一种忧郁的气质，难道到了饶的年龄依然不能摆脱那些恼人的情绪吗？想到这里，多米便觉着了一丝无望，心里就凉飕飕起来。

六

日子如水而逝。

那几天，多米反反复复做同样的梦。在梦里，她成了一条人鱼，她摆动着鱼尾在蓝莹莹的水里游动。她有着健康的肢体和柔滑的皮肤，水从她的身体上滑过去，凉凉的，好舒服。一群和她一样的人鱼游过来了，她们用鱼的语言交谈，用她们美丽的尾部轻轻相碰……

在肯德基快餐店里，多米一面夸张地嚼着辣鸡翅，一面向饶复述自己古怪的梦。饶舔了舔油腻腻的手，半开玩笑地说："我想这是在向你暗示成长的讯息。"多米马上问为什么，饶说是凭直觉。饶又恢复了往日的潇洒。

"又是直觉。"多米没趣地摊开手。

说好去饶的大学，乘了一个多小时的车，才看到那扇巍峨的大学校门。一路走过去，但见小桥流水、英式风格的楼群，满眼翠绿，男女大学生或独行，或三三两两结伴而行。他们是多米眼睛里新鲜的风景。

饶的寝室是木头地板，窗框上贴了一幅字，上书："室雅何须大。"空间真的很小，满满当当挤了四张双层床，中间再放上四张写字桌，便没了走路的余地。多米窘在门口，不敢挪步。饶的室友都是热心人，招呼多米坐到她们的床边上，还拿出瓶瓶罐罐给多米泡咖啡。她们问这问那，好像比多米大不了多少。

从内蒙古来的高个女孩说："看见你就好像回到了过去，真好！"

"说说你们学校里的事吧！"戴眼镜的南京女孩说。

于是，多米就兴致勃勃地聊起了她们的雏鹰小队活动如何如何有趣，电视台还来录了像，她们女生又是怎样发疯般地迷恋俱乐部足球队，大冷天等在集训地门口请他们签字。多米最喜欢 10 号，可叶子喜欢 2 号，她们还为这争执过，两天没说话。还有班上有个男生会电脑编程，连老师都向他请教……

"你们有没有谈恋爱啊？"扎着麻花辫的山东女孩问。

"当然有啦，方容容是班上最漂亮的女生，几乎每个男生都喜欢她，可她只喜欢班长，私下里还说长大了要嫁给他呢。"说到这里，多米闭住嘴，因为她觉得有些不合适，那些大学生是不是也会认为她早熟呢？

大学生们果然唏嘘不已，她们饶有兴味地让多米继续说下去。这时候，门响了，一个瘦瘦的男生大大方方地站在门口，内蒙古女孩一见，就兴高采烈地奔出去。多米却发现饶的神情有些异样，脸色绯红地默默不语。

私下里，饶问多米那个瘦瘦的男生怎么样，一脸的期待。多米在心里感觉那个人太瘦，像麻秆，而且也不够英俊倜傥，和电视剧《东京爱情故事》里的男主角相比差多了。多米这么想着，却没有说出口。

"饶，认识你真好。"多米没有正面回答问题，而是看着饶说。

"真的吗？"饶笑起来，仿佛也忘记了刚才自己的问题。

"但愿我长大后会像你那样。"

"会的。"饶摸了摸多米瘦瘦的肩，很真诚地说。

七

似乎一切都在慢慢好起来。

多米常常想起饶说的话："没什么大不了的，生理卫生课和语文课一样，都是普通的知识课程，谁大惊小怪谁就太不成熟了。"所以，替老师提挂图的时候，多米就在心底用饶的话为自己打气，这样想着，便真的坦然起来。

也许是习以为常的缘故，很少再有人对生理卫生一惊一乍了。尤其是上完"青春期"这一章，班里风平浪静，原先爱用一些生理名词开玩笑的男生，时间一长，便讨得个无趣，再也没了兴致。

多米周围有好几个女生也悄悄开始了她们的少女时代。她们仿佛有了共谋的秘密，上体育课之前，她们排着队让医务室的王医生"检查"一下，然后开一张"例假"的请假单。这样，她们就可以免修这一节的体育课。在多米看来，这是一种特权，而她还未能拥有。

罗老师对多米的课代表工作很满意，多次在班会上表扬她。多米还是像往常那样收发作业，为老师捧人体模型，测验常得最高分。一切都变得越来越自然。

多米偷偷地问饶："自己的那个怎么迟迟没有来，我都十四岁了。"

饶说那很正常，女孩子的成熟或早或晚，我还羡慕你没有那个烦人的事呢。多米听了便放了心。

妈妈费解地对多米说："真弄不懂，饶怎么有兴趣和你

这样的小丫头片子交往？"

"我们互相需要！"多米抬高音调说，把妈妈听得一愣。

八

多米想着，日子可以就这么顺顺当当地过去，好像楼下的那株小香樟树，一天一天地茁壮起来。正像饶说的，很多事情都需要一个过程，长大尤其是这样。然而变故却悄悄地发生了，变故的起因恰恰来自饶。

"多米，我要走了。"一天，饶突然出现在多米的学校。她站在校门口，真丝白围巾被风轻轻拂动，好像翻飞的白蝴蝶。

"去旅行吗？"多米以为饶在和自己开玩笑。

"去美国读大学，我已经办好了全部手续。"饶的声音听起来涩涩的。

"这么大的事情你为什么不告诉我，还是朋友呢！"多米的眼泪唰唰地掉下来。多米委屈地想，饶仍然只是把她当作了一个小孩，不然为什么不漏一点风声呢？

"你听我说，多米，"饶扶住多米的肩，"原先我一点把握都没有，这不是特意告诉你来了吗？"

多米抽泣了一会儿，问："什么时候走？"

"明天。"

这天晚上，多米和饶同睡一张床，多米捧着枕头和被子下楼，表情很庄重。电梯里的人都狐疑地看着她，多米不声不响，到了十楼，又目不斜视地走出去。多米心情沉重，懒得理会别人。

饶的头发散发着淡淡的香味，这是多米这个年纪所没有的。多米凑在饶的枕头边说了许多话。饶说她高中毕业就想出国留学了，那时候，她已经考了托福，因为种种原因未能成行，现在终于有了机会，她不想放弃。多米问是不是想逃避什么。多米想了好半天才想出"逃避"这个词。饶沉默了一会儿，在黑暗中，多米看见饶亮闪闪的眼睛。"不完全是，"饶舒了一口气，"我一直憧憬能有一片全新的天地让我施展和想象，我喜欢像风一样自由。"饶说。

"能告诉我上回你为什么哭吗？"多米想起饶有一回在弹琴的时候曾经无声地落下泪来。

"不为什么，有时候我会莫名地情绪低落，或许是因为压力，或许是因为别的，连自己也说不清。真的，长大并不是件好事。"饶侧过身，多米能感觉到饶的气息拂在自己脸上。

慢慢地，饶不再说话，背过身去睡着了。多米却辗转反侧，耳边反复回响着饶的话："多米，你不知道你现在有多好！你不知道你现在有多好！"多米呢喃着，从后面抱住饶。

第二天，多米没有去机场送饶，生怕亲临离别的场景会更难过。饶走了以后，多米的发梢还留有饶的气息。

九

这一年的夏天很快来了。多米比先前长高了一些，也晒黑了，看上去很健康。

这天傍晚，多米站在阳台上读着饶的来信。信纸是烟绿色的，装在同色的信封里。这是饶喜欢的颜色，像远方的田野，多米想。饶在信里说，她学习很努力，还结交了不同肤色的朋友，寂寞的时候，就拿出多米的照片，"看你

的照片，就像呼吸到了清新的空气，就像回到了自己的少女时代。"饶在信里这样写道。她还说，现在她剪了齐耳的短发，穿休闲装，风风火火地走路。

多米合上信纸，视线落到远处的楼群。那里的天空被楼群分割成一小块一小块，没有极目远眺的快感。多米感到了一点点窒息。就在这时候，多米突然感觉有一股潮湿的暖流正在她的体内酝酿，然后顺着她的身体深处缓缓滴下。那股暖流没有停顿，似岩石上融化的泉水，一滴一滴，充满生命的节奏。多米忽然脸红耳热起来，她意识到了那是什么，但她一点都不慌张，就像是等待一个熟悉的却从未谋面的朋友。

"它真的来了……"多米想。

夏天的树木正绿叶葱茏。

　　你时不时地因为自己而气恼：你仿佛长出了一千根触角，感受着外界微小的细枝末节，你轻易地感受到痛，也轻易地尝到甜蜜。你为自己有些张皇有些寂寞的心灵寻找着家园，而能让你感到安全和满足的，不是别的，正是"爱"的房子。

　　在你未来的人生中，大概没有一个阶段像童年和少年时期那样需要爱、渴求爱，你的眼睛、你的耳朵、你的皮肤，你身体和心灵的每一寸，都在呼唤爱。

　　爱是成长中的必需品。它不能仅仅深藏于心，它需要用语言表达，用眼神传递，更需要用身体的抚触来安慰。

　　遗憾的是，爱是一种能力，并非人人拥有。有的人，从未被爱，因此不懂如何爱人，即便做了父母。他们是可怜的，自身缺爱，并且丧失了付出爱的能力。

第二个故事
拥抱

那是一种类似沐浴的感觉，全身的血液都被激荡起来，温暖来自身体外部，也来自心的深处。慢慢地，夜的歌声划过树叶的末梢，潮水一般地涌进窗棂，那是一只柔滑的、携带着母亲气息的手，陈丹晨伸出手去将它紧紧握住……

一

陈丹晨在看电视，她只有在这个时候才能看几眼电视。她的手上握着遥控器，警惕着门的响动，一旦门外响起脚步声，就啪嗒一下把电视关掉，然后如脱兔一样跳离沙发回到书桌边去。她已经精于此道，并且屡试不爽。

电视里正播一部老得不能再老的日本连续剧《血疑》。陈丹晨爱看山口百惠的片子，尤其是这部《血疑》，她流连于充盈其中的缱绻的情绪，那是一张细密而黏稠的情感的网，仿佛远离生活，和心灵却是那么迫近。

幸子将脸深深地埋在爸爸的胸口……爸爸的手轻轻地却有力地摩挲着女儿的后背，爸爸的眼里闪烁着泪光……姑姑，姑姑泪流满面地将幸子紧紧地搂在怀里，一遍遍深情而绝望地叫着幸子的名字……姑姑的声音像在风中颤抖的光滑柔腻的绸缎……东京萧瑟的冬天，被这浓郁又炽热的情感融化了……

陈丹晨蜷在沙发的一角，眼睛里蒙了一层薄雾，心底隐约泛起异样的渴望。她怔怔地望着屏幕，仿佛自己的身体和幸子融合在了一起，她就是幸子，她的心灵和肌肤感受着亲人的怜惜和拥抱……啊，拥抱，陈丹晨努力地在记忆里寻找那似乎熟悉却早已陌生的感觉，它们如同深秋的落叶从记忆的树上飘零了，悄悄地化作了泥土……

还是在她2岁的时候吧，爸爸和妈妈带她去和平公园玩，他们和她玩捉迷藏的游戏，她眼看就要够着妈妈的衣襟了，妈妈像个孩子似的笑起来，一把将她搂在怀里。妈妈按着胸口喘气，对她说："你好可爱啊！"2岁的陈丹晨的脸紧紧挨着妈妈的身体，听着妈妈急促的心跳。那个身体是多么地温暖和柔软啊，它像羽绒被一样裹着她，让她觉得安心和快乐……

这是陈丹晨2岁时的记忆，现在，她是14岁的少女了，那些记忆随同时间一起飘逝。她越来越觉得自己成了一个独立的人。有时候，这样的独立是一种情感上的孤独，爸爸和妈妈在生活上最大限度地满足她，在学业上对她寄予厚望，可是陈丹晨却看见一道鸿沟横亘在自己和父母之间。

她看不清那是什么，她也不知道自己需要什么。那种隔膜和疏离的感觉却无孔不入，它们如同游离的空气无所不在。

爸爸的脚步灰鸟一样沉重地落下，门真的响了。陈丹晨惊厥一般地跳起，回到摊开的书本前面，来不及擦去眼角的一小滴泪。她回头望着爸爸将脱下的外衣挂在衣帽架上，爸爸的表情有些模糊和僵硬，陈丹晨隐隐感觉爸爸带进了一股凉丝丝的气息，有早晨的寒气的味道，它和刚才黏稠温馨的氛围混合在一起，房间里的气氛怪怪的。

"陈丹晨，你妈妈今天不回来吃晚饭，我们两个将就着吃点。"爸爸说，他们习惯于叫陈丹晨的大名，就像外人一样不带一点感情色彩地叫。陈丹晨没有小名和昵称。陈丹晨不太喜欢爸爸，爸爸对她可能也一样，她想。陈丹晨 10 岁那年，爸爸才从外地调回来，陈丹晨 10 岁以前对爸爸的记忆淡如烟岚。爸爸调回来的第一天，他们一家三口坐在一起吃晚饭的时候，陈丹晨隔着桌子望着对面的爸爸，觉得爸爸和自己隔得很远，中间的桌子像山一样阻断了他们本该亲密无罅的父女之情。那时，陈丹晨的心里就升起了那种凉丝丝的感觉。

吃晚饭的时候，陈丹晨和爸爸都无话。这种气氛让人尴尬和不适，因为安静，咀嚼的声音就显得特别难以忍受。陈丹晨咽下最后一口饭，对爸爸说："我吃完了。"爸爸在

喝汤，没有看她，只是轻描淡写地哦了一声。陈丹晨却忽然感觉被什么冷冰冰的东西击中了。爸爸也许真的不爱她，她想。

妈妈回来的时候，陈丹晨正在灯下读外语。妈妈在睡觉前给陈丹晨端来一杯牛奶，牛奶冒着热气，散发出好闻的奶腥味。

"你爸爸说你胃口不好，你想吃点什么？"妈妈问。

陈丹晨不作声，今天的情绪似乎特别低落，是《血疑》给闹的？妈妈在她身后站了一会儿，不知道在想什么，然后就掩上门出去了。陈丹晨知道自己在等待什么，她多么希望妈妈能把手抚在她的肩上，或者将她的脑袋抱在怀里，像亲吻小孩子那样亲吻她，她早已忘了妈妈的亲吻是什么滋味了。

就在妈妈关上门的一刹那，陈丹晨的眼泪汹涌而出……

二

陈丹晨刷完牙从卫生间出来，嘴角还挂着一抹高露洁牙膏的白沫。

妈妈在替她叠床，淡淡的金色的晨光穿窗而过，拥抱她的被褥和妈妈的身子。妈妈拍打着被子，习惯性地将手

伸到松软的枕头下面，却蓦地停住。陈丹晨脸色大变，疾步走上去想阻止妈妈的动作。可是已经来不及了，她呆呆地看着妈妈从枕头底下掏出了一张白色的卡纸，举在早晨的阳光里好奇地端详。

那是一帧人物肖像，陈丹晨的炭笔画。

"这是谁？好像是木溪老师……"妈妈说。

"还给我！"陈丹晨有些愤怒地把肖像从妈妈手里夺回来，她感到一种前所未有的犹如赤裸着身子示众的耻辱，她相信敏感的妈妈此刻一定会明白一切。陈丹晨的肖像画惟妙惟肖，妈妈又是见过木溪老师的，她只是费解女儿怎么会精心画了这个女老师的肖像，并且严严实实地藏在了枕头底下！

陈丹晨的脸涨得通红，嗫嚅着将那张卡纸藏在身后。

妈妈狐疑地望着她，女儿近来的举动越来越捉摸不透。她也意识到了女儿似乎隐隐地抗拒着他们，一种陌生感幽灵似的游荡在他们和女儿中间。只是陈丹晨拒绝交谈，这种拒绝无须语言，她可以用肢体和目光来传达她对父母的不满。比如，在饭桌上，陈丹晨每每一语不发，至多问一句答一句，要是心里不赞同父母的话，便从鼻子里轻轻地哼一声，一副不屑的样子。

这时候，陈丹晨已经把木溪老师的画像扔进了废纸篓，她以此向妈妈证明：那只是一张没有价值和意义的画而已。

但事实绝不是这样！陈丹晨心里清清楚楚。

陈丹晨骑上自行车，车轮在刚下过雨的柏油路上碾出一条好看的弧线。早晨的空气里散发着夜晚残留的露水的气味，像薄荷糖那样沁人心脾。有几个不认识的男生超过了她，又故意回过头来朝她吹口哨。

陈丹晨没有搭理他们，她还想着那张木溪老师的画像。她有些后悔。有时，连她自己都无法解释自己的举动。不知从什么时候开始，她好像成了别别扭扭的两个人，老是和自己过不去。那张画像，是她花了两个晚上打了几十张草稿才画出来的。她要捕捉住木溪老师的神韵，那种柔和的目光、天然的母性的光环。木溪老师，有一种不同寻常

的磁力，她能让你感到安全和包容的爱。而这些，是饥渴的陈丹晨的甘霖。她偷偷地把木溪老师的画像放在床头，就像许多男孩和女孩迷恋偶像歌星，张挂他们的海报一样。不同的是，陈丹晨游移而害羞地做着这些，我是不是有些异常啊？她想。

陈丹晨不知道别的女生有没有像她这样喜欢一个女老师，这样的喜欢带着恋慕，有些朦胧，而且充满诗意。

三

陈丹晨知道木溪老师喜欢自己。

木溪老师是他们初一(1)班的语文老师，40开外的年纪，微鬈的短发，她的嘴唇是月牙形的，看住你的时候，她常常是微笑的。她用充满激情的声音讲课，她的声音像阳光下清澈的湖水泛着粼光。

陈丹晨第一眼见到木溪老师，就喜欢上她了。那天下午本是阴暗的，窗外落下细细的雨点。陈丹晨正和另两个同学留在教室里出黑板报，这是开学第一天，他们还没见过所有的任课老师。

这时候，门被推开了，一道耀眼的光线从室外豁然而入，一位中年女教师走了进来。她穿着一件浅蓝色的质地柔软的衬衣，脸上带着微笑，那微笑蕴含着一种魅力，它使见到她的孩子都能体验到一种难以言传的温情，并且身不由己地去接纳她。

她用欣赏的目光望着他们写的黑板报，然后，用带着音乐节奏的声音说："我是你们的语文老师。"

陈丹晨惊喜地看着这位气质优雅的女老师，心里有一些熟稔的东西悄然泛起。木溪老师走过来，慈爱地摸了摸男生久儿圆圆的脑袋，她的线条柔和的手落在久儿毛茸茸的头发上，像母亲的手一样轻轻一按。陈丹晨的心头顿时掠过异样的悸动，这是她久违的感觉。她甚至想象不出经这样一只温润的手抚摩会产生怎样舒畅和感动的体验！自从她长成一个大女孩，妈妈就不再有这样亲昵的举动了，这是真的。

对木溪老师莫名的喜欢也许就是从那时开始的吧。

木溪老师呢，她上课的时候总是喜欢提问陈丹晨，总是用目光鼓励她；她用惊叹的语气鼓励陈丹晨的每一次进步，她在课堂上高声朗读陈丹晨的作文，她甚至把陈丹晨写的班会串联词讨去，仔细地推敲，然后告诉陈丹晨："这样的串联词连高中生也写不出。"陈丹晨受宠若惊地望着木溪老师，突然觉得赞赏原来有这样一种神奇的魔力，它像催化剂一样激发人的潜能，使你迸发出耀眼的火花来。

　　陈丹晨从不告诉别人自己对木溪老师的喜欢，从不告诉别人她曾经那样欣赏地看着木溪老师的身影出现在走廊的尽头，看着她抱着备课本像年轻人一样奔跑着来上课。木溪老师跑步的姿态自然而优美，有风吹来，拂动着她的头发和衣襟；陈丹晨也从不告诉别人，她常常梦想着和木溪老师意外地在楼道上相遇，听木溪老师亲热地叫她的名字，陈丹晨的心里会有些着慌，却带着抑制不住的兴奋。

　　这些，是陈丹晨的秘密，尤其不能让父母知道的秘密。

　　现在，那张木溪老师的画像将同其他废纸一起扔到垃圾堆里，经受风吹雨淋，和那些腥臭肮脏的东西一同烂掉。想到这个，陈丹晨就感到刺心的疼痛，这是她为自尊心付出的代价。

　　这个下午，陈丹晨最后一个离开教室。傍晚的校园透着寂寞的凄凉，在没有人的时候，连楼道都变得阴森神秘。从那个砌成梅花形的窗口，能清楚地看见砖红色的音乐教室。走到底楼的时候，陈丹晨看见音乐教室的门敞开着，她不由自主地走过去。

　　钢琴声舒缓地流泻着，那曲子弹得并不经意，混合着澄澈的水声，仿佛一个浣纱的少女，傍溪而立，薄如蝉翼的轻纱和少女的黑发一起随风飘起……

　　弹琴的竟是木溪老师！她微微仰着头，她的脸被金黄

色的暮光映照着，现出迷醉的神情。她的身体摇晃着，摇晃着，波浪般地起伏，她的手指在黑白琴键上鱼儿似的游动……陈丹晨怔在门口，被眼前的场景和扑面而来的音乐击倒。陈丹晨悄悄地躲到门边，生怕木溪老师发现她。她在温暖的琴声中忽然生出一个欲望，心底里有一只手轻轻地牵引她，像婴儿那样，多么希望有一天，木溪老师能用那双柔软的手搂抱她，就像母亲对孩子一样。

陈丹晨被自己的欲望吓了一跳。

四

这真是一段被古怪的情感和向往填满的日子。陈丹晨对木溪老师亲近的愿望越是强烈，她对父母的抵触表现得越是明显。

妈妈没有再提那张画像的事，仿佛它从来没有发生过。只是妈妈开始用一种意味深长的目光打量陈丹晨，陈丹晨被这样的目光看得心里打战。每每妈妈这样看她，陈丹晨就私下里嘀咕："我又没有早恋，有什么可担心的。"在她周围，一些孩子开始有了一些恍惚的心绪，甚至明明白白地说一些爱情电影里肉麻的"台词"。陈丹晨不，她在情感上似乎有些"滞后"，再说，她有她的木溪老师。但陈丹晨

绝不愿意表露这一切，她偏执地觉得表露自己内心深处的感情是一件愚蠢的事情，包括对别人的喜欢；尤其在父母面前，陈丹晨保持着有点可笑的与年龄不相符的冷静和沉着。陈丹晨拼命地掩饰着内心世界，一任它风起云涌，却努力追求外表的平静。

这正是成长中的陈丹晨。

在夏天开始的时候，陈丹晨酝酿着悄悄跟踪木溪老师，她实在遏止不住亲近木溪老师的欲望。

她隐约知道木溪老师住在静安寺一带。放了学，她偷偷地等在校门口，见木溪老师的白色自行车一晃而过，才慢悠悠地骑上车追上去。

路上行人如织，木溪老师的背影在人群中时隐时现，她的乳白色的裙衫如轻微摇曳的水中芙蓉，淡雅而清冽。陈丹晨骑在离木溪老师数十米远的地方，心里忐忑着，又抑制不住兴奋和好奇。

一路骑着，穿过林立的高楼大厦的阴影，木溪老师拐进了一条狭窄而安静的弄堂。那是一排有些年头的法式公寓，灰白色的外墙斑驳着，裸露出年代久远的红砖。楼底下有一个花圃，似乎很久没有人侍弄了，倒伏着的花草稀稀拉拉，透着苍凉和衰败。这一切，在陈丹晨的眼里却传达着一种特别的美感和诗情。

　　木溪老师打开一扇铁门，推了自行车进去，铁门咣当一声关上了，她丝毫没有发现身后的"尾巴"。

　　陈丹晨扶着车，站在那栋房子的门口，久久地仰望二楼的那个蓬勃着杜鹃花的窗台，那是木溪老师的家，那扇紧闭的窗子关住了陈丹晨充满想象和期盼的梦。

　　从那以后的许多天里，放学的时候，陈丹晨都会绕道经过木溪老师的家，在那扇窗子下驻足、观望，仿佛只有这样做了，才能获得满足和安慰。

　　陈丹晨很快获得了走进这栋房子的机会。

　　星期六的下午，木溪老师意外地邀请朗诵组的成员去她家里做客。朗诵组有十个同学，陈丹晨是组长，每个星期，他们在木溪老师的指导下读一些经典的诗歌和话剧片段。木溪老师有演员的天赋，她读舒婷的诗能催下你的泪来。

　　这个下午，陈丹晨终于坐在了木溪老师宽敞的房子里。她仔细打量这间有落地窗的房间，心里激动着。靠窗的地方摆着一张雅致的红木茶几，几上的蓝色陶瓷花瓶里插着一束纯白的香水百合。壁炉边上立着一架漆黑的钢琴，琴上的相架里，年轻时的木溪老师头靠着她高大的丈夫微笑着。

　　大家兴奋地问这问那，陈丹晨却很少说话，她沉浸在梦幻般的氛围里，像做梦一样。木溪老师一直注视着陈丹晨，她弹完《致爱丽丝》的曲子，从琴凳上回转身来。

"怎么不说话啊？陈丹晨。"木溪老师说。

陈丹晨觉得自己的脸在发烧，她努力掩饰着自己，生怕木溪老师窥见她心底的秘密。

"念一首诗吧，陈丹晨，今天给大家带来了什么？"木溪老师笑望着她。

陈丹晨翻开一本薄薄的诗集，朗声念道：

> 我不懂那是什么
> 它像一场躁动的夏雨
> 豁然闯入我的生命
> 那样潮暖那样动荡
>
> 如果不是午后的惊雷提醒
> 我几乎忘了
> 我已立在了人生的站台
> 手握着十点的车票
> 却不知道停靠的前站
>
> 和夏天有一场约会
> 那远在生命初始就订下的盟约

难道这意味着
我即将步入阴雨的季节
和是非的人间?

就像一项成人仪式
青春的竹笛奏起
心灵的颤音
和身体拔节的微响
风筝飞出了窗口
谁又在岁月那头召唤?

…………

　　陈丹晨轻轻叹了口气,读到这里停住,她感到一股潮暖的东西哽在喉头,欲吐不能。

　　"念下去。"木溪老师鼓励她。

　　陈丹晨却怎么也发不了声了。她也不明白自己怎么了,只是觉得自己被一种温馨黏稠的情绪攫住,空气里还缭绕着木溪老师弹奏的琴音,而木溪老师那么近地坐在她的对面。她不时关切地将一下陈丹晨掉下的刘海。木溪老师的手指轻触着她的额头,她能微微感受到木溪老师的体温和

手的柔软。这种若有若无的接触竟令陈丹晨抑制不住地想哭。

离开的时候，木溪老师送他们下楼。走到最后一层，木溪老师轻轻地对走在后面的陈丹晨说："欢迎你再来。"那句平常的话在陈丹晨心底掠过异样的感动。这是她需要的东西。她在下楼的那一刻想，为了木溪老师，她要努力让自己出色和与众不同。

五

陈丹晨贼一样地蹩进了木溪老师家的楼道，她的手里举着一小束水红色的康乃馨，那束花刚够插在门把上。陈丹晨觉得她必须这么做，而且得赶在木溪老师回家之前。

这是陈丹晨最最幸福的一天。你怎么都不会想到，木溪老师能在学校的教工运动会上夺得长跑赛的冠军。陈丹晨趴在栏杆外面，声嘶力竭地替木溪老师加油。她不知道木溪老师有没有在喧腾中看见她，她并不希望木溪老师看见她。木溪老师穿了一身雪白的运动衣，她奔跑的姿势比年轻人还要轻盈和舒展。当她跑过来的时候，陈丹晨就伸长手臂向空中挥舞，陈丹晨的手臂如淡色的嫩藕。她想，一定没有哪个孩子会像她这样兴奋，木溪老师，那是她的

偶像呀！

　　陈丹晨飞一样地骑出了校门，她被自己的想法激动着。她要送一束花给木溪老师，还要写上祝贺的话，她做这一切只能悄悄地，她只想悄悄地表达对一个人深刻的喜欢和关注。

　　现在，她将那束康乃馨插在了木溪老师的门把上。门把是铜制的，被摸得光可鉴人，在花的映衬下，竟有了几分新鲜的生气。楼道安静着，陈丹晨的心却一阵狂跳。她想象着，木溪老师回到家，见到这束含露的花的时候，一定会舒畅地笑起来，然后疑惑地将它取下来，摸出钥匙开门，一边猜测：是谁送的呢？那束花会被小心地插在素朴的陶瓷花瓶里，每天每天地对着木溪老师微笑……这是陈丹晨希望看到的。

　　此后，类似的游戏陈丹晨怀着忐忑和认真的心情又玩了好多次。陈丹晨不知道自己为什么会这样，她只是非常愿意用全部的感情，来爱一个值得尊敬和喜欢的人，她的身体被掏空了一样，心却满满的，她的思想仿佛生长在繁花似锦的地方，永远不会失掉对花的幻想，并因为这种幻想而倍感充实。

　　这天早晨，陈丹晨像往常一样走到校门口，见木溪老师在不远的地方迎面站着。她穿着藏青色套装，脸上是模

糊而期待的表情。陈丹晨本能地感到一种虚脱，这是秘密即将被拆穿前的恐惧，她迟疑着脚步，脸上前所未有地灼烧起来。木溪老师却快步走过来将她一把揽住。

木溪老师亲热地勾住陈丹晨的脖子。陈丹晨的心剧烈地跳了一下，立刻把头深深地埋下去，让头发遮住了半边脸。木溪老师紧紧地揽着她，陈丹晨嗅到了一股暖暖的混合着洗发香波的成年女性的气息，那股气息让她感动得想哭。

"是你送的花吗？那真是一些好看的花啊。"木溪老师柔声说。陈丹晨无从知道她是如何知晓了谜底，只是在心底惊叹道：大人真是料事如神啊。

"怎么啦？"木溪老师摇摇陈丹晨的肩，像哄小孩一样。

陈丹晨不置可否，只是把头埋得更低。那一刻，她真想拔腿逃去。没有人愿意把自己隐秘的心情曝在光天化日之下，即便那是一种明朗的心情，是对一个人深刻的喜欢，一旦被人窥见了，秘密便似乎成了羞辱。在陈丹晨的这个年龄，她一边千方百计地守住心中的秘密，一边又克制不住地想把它表达出来，结果把自己折磨得矛盾又痛苦。

可是，陈丹晨实在无法抑制胸中满溢的激情，这样的激情是给年长于自己的人的。因为有了这样的激情，陈丹晨做任何事情都觉得精神振奋。她会感到自己羽化成蝶，在一片明媚的光影里翩翩起舞，她顺着流动的温暖的气息攀缘而上，努力去接近光明。陈丹晨不知道自己究竟要往哪里去，却知道无论在哪个方向，都有木溪老师清澄的微笑在等着她。

然而，这种期盼最终却是要失去的。

六

接近期末的一天，陈丹晨路过语文教研组，听见一个熟悉的声音在叫她的名字。回过头，见木溪老师站在里面冲她点头。

木溪老师告诉陈丹晨，她的语文考了第一，作文尤其

出色。然后，木溪老师把她拉到身边，从抽屉里抽出一张淡雅的信笺。信笺上有水印的蓝色花纹，上面写了分行的钢笔字。

"你提提意见，看我的诗写得好不好。"木溪老师说。

她顾自轻声念起来："门把上又插了一小束鲜花／那桃红的、绛紫的，还有鹅黄的／仿佛天真可爱的小脸／正朝我轻轻微笑……"

陈丹晨侧耳听着，涨红了脸。木溪老师把那张精致的信笺塞进她的手心，说："送给你。"

陈丹晨不知道那其实是木溪老师在向她告别。她揣着这张薄薄的信笺走回教室，被感动和受宠若惊的情绪填满了。教室的门在她身后砰然关上，陈丹晨的手里突然地变得沉重。

七

就这么过了一个暑假。开学的时候，班主任告诉他们，这学期会来一位新的语文老师，木溪老师出国了，她在美国任教的丈夫接她走了。

陈丹晨脸色煞白，她的身体一瞬间被抽空。

这是烈日下的中午，陈丹晨困兽一样地徘徊在那栋灰

白的房子附近，不时抬头注视那个熟悉的曾经杜鹃盛开的阳台。这里有过木溪老师的气息，可是现在，阳台上失却了往日的齐整，堆满杂物，令人感到凄凉到来时的恐怖。

陈丹晨扶着自行车站在楼下，想不出该做什么。一辆橘红色的搬家车开了过来，戛然止住，上面下来几个穿卡其布工作服的工人，他们像蚂蚁一样进出于灰色的房子，从里面抬出大大小小的家具。一个陌生的中年男子指挥着他们，他的相貌上有木溪老师的痕迹。男子不时看一眼呆立一旁的陈丹晨，但没有和她说话。

那架黑漆的钢琴终于被抬了出来，暂时地搁置于路边，黑色的琴面在日头下闪着耀眼和凄冷的光。

钢琴，被木溪老师纤巧的手指弹奏过的钢琴！

无边的失落和绝望漫卷过来，将陈丹晨紧紧包裹住。她悲哀地想，也许永生都见不到木溪老师了，这痛彻心腑的遗憾像一只巨大的手拽紧她，不肯松开……

望着隆隆开远的卡车，陈丹晨忽然想起，今天，是自己的生日。

八

陈丹晨在街上逛了很久才回家。

推门进去，像预料中的那样，桌上摆了丰盛的晚餐，还有一只显眼的鲜奶蛋糕，蛋糕上裱着：生日快乐！

陈丹晨没有感到快意，她还陷在深深的忧伤里面。爸爸和妈妈看着她，说："过来吃饭吧，今天是你的生日。"

妈妈把一勺虾仁舀到陈丹晨的碗里，她吃了一粒，还没咽下，眼泪却扑簌簌地掉下来……陈丹晨忍不住地要哭。爸爸和妈妈没有阻止她，也没有劝慰她，只是把更多的好吃的菜夹到她的碗里。爸爸难得开一句玩笑："哪有过生日哭鼻子的，再哭，就成大花脸喽。"陈丹晨止住哭，她一向是个善于克制感情的女孩。

她机械地吹蜡烛、切蛋糕，觉得这个生日过得索然无味。

吃完蛋糕，陈丹晨说："我回房间了。"妈妈在后面拉了一下她的衣服，说："我有东西给你。"

陈丹晨看着妈妈拿出一个木制镜框，那是一个还散发着木头清香的镜框，镜框里镶着的竟是被陈丹晨丢弃的木溪老师的肖像画！

妈妈说："我把它拾回来了。没什么不好意思的，妈小的时候，也曾经像你那样。"

陈丹晨低头不语。

妈妈又说："木溪老师在出国前曾经找过我，谈了你，她说你是个对爱要求很高的孩子。这一点，妈感到很惭愧。

其实，我们是那么深地爱你，只是我们表达得很含蓄，你能理解我们吗？"

陈丹晨低下头，她感到有些唐突和意外，甚至有点不习惯，记忆中她们母女俩从来没有这样说过话。她接过镜框，看了妈妈一眼，妈妈的眼里有一点晶莹的东西在闪烁。

是的，陈丹晨必须好好地想想，好好整理一下乱糟糟的心绪。

她听见妈妈在身后说："木溪老师让我转告你，她会想念你。还有，我和你爸爸永远都爱你！"那后半句话，妈妈顿了顿才说出来。

陈丹晨的眼泪又一次地汹涌而出，但这次，不是因为伤心。

　　你打量过这个或近或远的世界吗？世界离你如此之近，世界又是那么辽远。

　　你看到的世界，往往是滤镜背后的世界——它被赋予了美好的想象，承载着你对未来的所有期许。

　　我承认，这个世界并不是你透过滤镜看到的那副样子——它有时美妙如画，有时狼狈不堪；有时可爱，有时可恨；更多的时候，它苍白、琐屑、平淡如水。

　　不管你怎样看它，它都是那个样子，真实地存在于那里，不曾改变。而悄然改变的，恰恰是你渐渐丰满和睿智起来的心灵与目光。

第三个故事
七年

一

"罗纳德要来了！"

老爸说这话时，我正在看《到灯塔去》。最近，我迷上了伍尔芙。这个聪明绝顶的女人系出名门，才华横溢。她在书香浸染中成长，在挚爱她的亲朋中生活，可上帝偏偏把可怕的精神疾病抛给她，纠缠了她的一生。疾病发作时，她无法自控；疾病休止时，她又痛不欲生。最后，终于投河而去。对她的意识流之类的玩意儿，我似懂非懂。意识流对我来说不重要，重要的是伍尔芙癫狂却优美的一生。我着迷于一切非凡的东西，不管是人还是书。我特别想弄明白，一个精神病人是怎样奇迹般地组织她的思想和文字的。

我正琢磨着，"罗纳德要来了！"老爸又重复一遍。我从椅子上跳起来，"真的吗？"我暂时把伍尔芙抛在了一边。罗纳德对我来说是一个遥远又亲切的名字。虽然我们有很多年不见，但始终保持着密切的联系，就好像是生活中常常出现的一个人，从来不曾离开过。而事实是，罗纳德生活在遥远的比利时的一个叫奥斯坦德的海滨小城，我有 7

年没见他了。

7年，是爸爸妈妈掰着指头算出来的。7年前，我8岁，罗纳德第一次来中国。

罗纳德是欧洲漫画家联盟的主席，我老爸的漫画曾经得过国际漫画大赛的银奖，他们相识在美丽的布鲁塞尔。后来，我那生性浪漫的老爸带着他蹩脚的英语独自游历欧洲，在罗纳德家里做过客。据老爸说，罗纳德对中国有着莫名的好感。老爸也由衷地喜爱罗纳德，说罗纳德是他见过的最朴实真诚的人。7年前，老爸和子墨叔叔邀请罗纳德来中国。子墨叔叔也是罗纳德的朋友，一个从长相到性格都比我爸爸更幽默的漫画家。他们俩慷慨地负担了罗纳德在中国的所有费用，却对自己的英语捉襟见肘。于是，刚学了两年英语的我，被拽来硬生生地做了罗纳德的随行翻译。

短短7天，我和罗纳德的友谊突飞猛进。罗纳德对我的感情明显超过了对老爸和子墨叔叔的兄弟情谊。临走时，他还为我掉了眼泪。我因为参加学校的夏令营，提前和罗纳德告别。这个慈祥的大胡子男人绝望而哀怨地望着我，喃喃着"why why"，眼泪扑簌簌地顺着花白的胡子滚下来。

我铭心刻骨地记着那幕场景，从来没有一个大人因为我而掉下惜别的泪。尽管我那时只有8岁，但已经能体会

属于大人的沉重情感。也许，我从来就是个早熟的小孩。

从那以后，我不断地收到来自遥远的奥斯坦德的种种信息，从邮包到信件，让班上的同学羡慕不已。罗纳德给我寄来他在医院里动手术后的照片，他漂亮的女儿芬尼和莎莉的合影，他在各地游历的留影以及手表、毛巾乃至好闻又好看的香皂。他在每封信末尾的自画像上点上两滴红色的眼泪，旁边认真地写道"Miss you Qingqing"，Qingqing（青青）是我的小名。这种伤感的情绪长时间地浸染我。我总是在既快乐又忧伤的矛盾心绪中拆开那个贴满了比利时邮票的信封，然后在既快乐又忧伤的心绪中给罗纳德回信。尽管这么多年没见他，但这个名字对我们全家来说，一点都不生疏。

这一晚，老爸和老妈显得尤其兴奋。并不是因为罗纳德的即将到来，而是因为罗纳德即将到来的消息唤起了他

们关于我的种种记忆。我相信，人老了就容易怀旧。冲这点，我就原谅了爸爸妈妈日益频繁的唠叨。

"你那时，又乖又懂事。"老妈的眼睛灼灼闪光，满脸神往地捡拾我童年的桩桩逸事。是的，这些事我曾经无数遍地听他们提起。比如，在10岁以前，我每天回得家来不厌其烦地向大人描述学校里每一分钟发生的事；8岁时，主动把平时存的压岁钱拿出来，"资助"家里买了一台飞利浦彩电；6岁时，尝试着煮了平生第一锅稀饭；4岁时，在路边捡到一只摔碎的手表交给了"警察叔叔"……最令他们自豪的是我居然成功地当了罗纳德的翻译，那件事惊得妈妈的同事瞠目结舌，纷纷痛心疾首没能生个像我这样的天才女儿。

只要说到我小时候的事，老妈就神采翩然，恨不得把我塞回她的肚子里去。而现在的我，只有让他们唉声叹气的份儿。老妈抱怨我跟他们不再亲近，脑子里尽想些他们看不懂的念头。他们把这些"看不懂"归罪于我看的那些乱糟糟的书，以及没完没了地上网。上个月，老妈没收了我的电脑，那是因为我未经许可，剪了个比男孩还短的头，并且在左耳垂上打了个洞。那一晚，老妈把我的电脑五花大绑，塞进了储藏室。我坐在一边捂着塞了根茶叶梗的左耳垂，表现得很平静，既不吵也不闹。这让老妈很受挫。

她不知道怎样才能真的触动我，令我"痛改前非"。

其实，我把所有的郁闷埋在心底，每天对着日记倾诉。每篇日记都是一封信，拉拉杂杂地写我那些稍纵即逝的古怪念头。我想象自己是在给某个亲近的人写信，但并不清楚他是谁，因为这些信从来不寄出去。我不知道，改变的是我还是身边的人。难道长大真的已经让我面目全非？

好吧，让这个晚上尽早地安静下来吧。罗纳德要来了。

二

其实，我已经忘记了那个 8 岁的我是什么样子。

拿出 7 年前的照片来看，一个穿红 T 恤的胖胖的小姑娘被大胡子欧洲人搂着肩，靠在一溜自行车边上，笑得正憨，可眼睛却是闭上的。

我清楚地记得和罗纳德相处的日子。

我们去周庄。罗纳德指着人家门口晾晒的木马桶，问是做什么用的。狡猾的子墨叔叔冲我挤挤眼，回答说，是装米的器具。于是，我嬉笑着笨拙地翻译给他。罗纳德显出惊讶的样子，抚摩着盖子上的花纹说，装米的东西也这么漂亮。然后拉着我同马桶一起合影。真倒霉，我想，如果我告诉他，这是上厕所用的，不知道他会赞叹到哪里去。

后来，罗纳德果真吃了马桶的亏。

我们去杭州，天知道老爸他们怎么找到那个破旅馆的。那是我第一次住旅店，记忆却一点都不美好。那会儿，好像不像现在有那么多漂亮的宾馆，要找个干净并且价格适中的旅馆并不是件容易的事。我忘了那个旅馆的名字，却记得那里所有的墙面都像学校那样被涂了半截绿漆。老爸特意给罗纳德安排了一个单间，可一时疏忽忘了检查卫生间。该吃晚饭了，罗纳德在房间里半天不出来。老爸去他门口张望，一直没动静。隔了好久，才见罗纳德一脸苦相地推开了门，一只手捂着屁股。

他朝我大幅度动作，比画了半天。我那点蹩脚的英语应付不过来，半天没弄明白。子墨叔叔走进去，出来的时候表情很奇怪，不知道是想笑还是想保持严肃。原来，卫生间里的马桶圈是裂成两半的，没准刚才罗纳德是让马桶圈给咬住了。

我忍不住大笑。罗纳德伸伸舌头说："一只调皮的马桶。"

在西湖边，我们去逛庙会。人头攒动，罗纳德个儿高，臂力之大，轻轻巧巧就把我举起来，看人群里的杂耍。我被抱得痒了，咯咯地笑，好像回到三岁的时候。

在"龙井问茶"喝茶嗑瓜子。罗纳德不会嗑，坐在竹椅上望风景。我将瓜子利落地一粒粒剥好，放进他面前的盘子里。罗纳德感慨地对老爸说："Charming girl（迷人的女孩）."我被说得脸红，心里却很得意。那天下午的太阳真好，不焦躁，是温凉温凉的。

背着别人，我和罗纳德也有私下的交谈。可是因为词汇量有限，话题都涉入不深。我说，将来我想做了不起的人。哦，小小年纪志向就已经不小。我满以为他会这样赞扬我。

可是罗纳德却摇摇头，你以为那样很幸福吗？我还记得他反问我的样子，他努一下嘴，吹了口气，胡子往上翘了翘。一副不屑的样子。

这些，都属于遥远的过去，仿佛镶在画中的记忆，被云雾遮掩，特别地不真切。在我 8 岁的时候，罗纳德的到来好像来自远方的风暴，洗刷了我那单纯的生活。和罗纳德告别的时候，我伤心着，以为再也见不到他了。

可是，一晃 7 年过去了。

我真的有些激动。我从未体验过和一个 7 年未谋面的人重逢会是什么情形。

7 年真的很神奇。7 年前，老爸刚学会开车，紧张得恨不得所有的行人都给他让路，7 年后，老爸已经能闭着眼睛哼着小曲开车；7 年前，老爸开的是辆旧的桑塔纳，7 年后，换成了流线型的帕萨特；7 年前，老爸天天回家吃晚饭，7 年后，老爸一个星期只有一天回家吃晚饭；7

年前，老爸 39 岁，看上去像 29 岁，7 年后，老爸有了第一撮白头发，看上去就是 46 岁；7 年前，所有的漫画杂志都登老爸的漫画，7 年后，漫画杂志的编委名单里都有老爸的名字，里面却没了老爸的漫画。这是我老爸的 7 年。那么我的呢？罗纳德的呢？

三

7 年，会让罗纳德变成老人。我想。7 年前，他 58 岁；现在，他 65 岁。65 岁，应该是老人的概念了。

我和老爸站在候机室里，激动地等待来自法兰克福的飞机降落。我的英语已经今非昔比，而罗纳德再也不可能把我高举过肩。现在的我，1.63 米，穿落拓的牛仔裤，左耳垂上吊了个银色的耳坠，很深沉，不再喜欢旁若无人地说话。

远远地就看见了他，还是老爸眼尖。那个穿绿色棉风衣的老头，长脸，白发白胡子，走路微跛。那么遥远又如此切近，好像从另一个世界走来的人。

我以为我们会激动地流下热泪。还好，没有。罗纳德过来拥抱我，用柔软的胡子摩擦我的脸颊。这是 7 年来我第一次被别人拥抱。

他上下打量我，像打量外星人。我怎么了？

这回，老爸安排罗纳德住的是欧式旅馆，不豪华但很舒适。到的时候，子墨叔叔已经在那里了。

他们没法和罗纳德交流，只能用炽热的微笑诉说离情。而我，可以尽情酣畅地说，但我不想在他们面前说得太多。

刚坐下，罗纳德就打开箱子，掏出一只蓝色纸包。

"给我的？"我说。接过来，是一只红色的皮质钱包，贴着布鲁塞尔机场免税店的标签。

"给小姐的礼物。"罗纳德说。7年前，罗纳德给我的礼物是一只玩具狗。

然后，他掏出一只透明的讲义夹，里面夹了我们和他所有的通信和照片。照片已经开始泛黄，提醒着岁月的过去。子墨叔叔唏嘘不已。

罗纳德喃喃叙说，眼神里充满追忆的温暖，他的语速快而零乱，我都来不及领会。他变戏法似的从包里掏出一枚仿古放大镜，在子墨叔叔面前晃了晃。

"这不是上回在东台路买的吗？"子墨叔叔讶异着，"他为什么还要带来？"

我忍不住大笑，是笑子墨叔叔的愚蠢还是笑罗纳德的迂？我也不知道。反正我很高兴，这也许是罗纳德纪念重逢的方式吧。我说。

四

这一次，老爸不再充当罗纳德的全程"车夫"，他的公司让他脱不开身。子墨叔叔也有他的事，他们报社严肃了劳动纪律，必须上下班打卡，缺勤要扣奖金的！他们都很忙。我说我没关系，我正放假呢，有的是大把大把的时间。

罗纳德去郑州参加某世界漫画节的筹备会，会后，所有的老外都去了北京，只有他来了上海。"上海，有我最想见的人。"罗纳德说。而我，当然是罗纳德最想见的人。

罗纳德将在这里逗留两天。我参与了对罗纳德活动日程的安排。我对子墨叔叔说，一定要有博物馆、美术馆的内容。7年前，我们带罗纳德去陆家嘴。可他对高耸入云的"东方明珠"熟视无睹，还不及看到一只马桶兴奋。

可是天一直下雨。

罗纳德有脚疾，不能走长路。我打着伞，搀扶着他去静安寺乘地铁。虽然如今，街头时常能见到老外，我们这一路还是走得很引人注目。一个别着老式黑发卡的老太从寺庙里烧香出来，和我们擦肩而过时，停下，仰起头认真地研究了罗纳德一番。罗纳德被她看得很开心，告诉我，7年前，他在一条弄堂里被一群老头老太围观。"他们像在

看一只 monkey（猴子）。"罗纳德耸耸肩，模仿猴子的样子朝空中抓了两把。

我笑。老太虽听不懂说什么，仍然感觉到不好意思，迈动小脚跑开了。

出了地铁站，雨水渐止。博物馆被笼在雾中。进了博物馆，我原以为罗纳德会欢呼雀跃一番，没想到他对中国古文物和古字画的兴趣淡漠得很，本可看一天的内容两个小时就逛完了。他倒是更乐意在纪念品柜台逗留，挑选一些廉价的书签、茶杯垫回去送人，跟我们到旅游区的习惯没啥两样。

我有些失望，悻悻地用蹩脚的英语跟他解释楼上还有好几层，要不要去看看？

"No！"罗纳德摆了摆手，朝卖旧瓷器的柜台冲了过去。

然后，他要歇脚。找了二楼的茶室坐下，一杯龙井要50元，我的天！我摸摸口袋，准备付钱，罗纳德抢先把钱递了出去。"你是小姐。"罗纳德说。

这是他第二次称我为"小姐"。我说，既然我不是孩子了，你应该让我请你吃一次午饭。老爸昨晚给了我500元，我有足够的底气。罗纳德看着我，恍然大悟地笑了，说好。

我们吃的是"必胜客"。服务生比以往任何一次的态度

都殷勤周到。因为罗纳德，我也有幸沾了光。罗纳德没有要比萨饼，而是点了一份意大利肉酱通心粉和一份蔬菜汤，我又另外给他加了一份法国焗蜗牛。我不喜欢通心粉，却还是点了和他一样的。我不希望我们的距离看起来太遥远。

吃通心粉的时候，罗纳德问，邱为什么总是忙？邱就是我的老爸邱士海。我摇摇头。这也正是我想搞清楚的问题。忙，是老爸和罗纳德通信见面时谈论的主要内容。忙，是老爸的生活状态，也是他能表达好的有限的英语单词之一。

老爸为什么总是忙，这也是我没搞懂的问题。我想，我的老爸如果有一天不忙了，非得住进医院去不可。但是，罗纳德却不能理解。"我在 30 岁以前，每天工作 20 个小时，可后来我发现那样很愚蠢。"罗纳德现在每天花 2 个小时工作，其余时间全都花在闲情逸致上。他在房子里辟出一间"中国角"，收藏摆弄和中国有关的一切东西，小至中国朋友的名片、餐馆的卡片，大至明清式的鸦片床。

我想问他既然对中国感兴趣，那刚才为什么没耐心看中国的古字画。话到嘴边，又咽了回去。

相比之下，我的老爸从来没有这种雅兴，他恨不得把睡觉的时间都搭上。我甚至害怕走进他那间拥挤不堪的书房，所有的桌面和地面都被他的资料书本占满了。老爸从了商，仍然改不了艺术家不拘小节的习性。我相信，一旦

走进他那间可怕的书房，正常人都会血压升高。天晓得老爸那些日子是怎么熬的。

"7 年，多大的改变啊。"罗纳德感叹道，"我以为你还是那个胖胖的小姑娘。"

他对时间的感叹当然比我由衷，我发现，那些大人尤其恐惧时间的流逝。而我，对时间的流逝充满热爱。是的，我已不再是那个胖胖的乖乖的小姑娘了。我少言寡语，甚至不苟言笑。我懂得克制自己的表情，觉得生活是一条艰深的隧道，有那么多东西可以挖掘。

忽然想起了伍尔芙。1923 年春天，她开始创作《达罗威夫人》。她频繁地提到她的年龄——她年届 40，对时间的流逝极其敏感："我感到时间飞跑得像电影院的电影的速

度……我用我的笔刺探它。"她开始更深切地体会到人生跨度和不同的人生阶段所提供的机会。在 40 岁的年龄上，她说，要么扬鞭催马，加速前进；要么放松自己，干一点算一点。眼看身边的朋友渐渐失去活力，伍尔芙决定去过一种更紧张激烈的生活。

这也许就是老爸的心情。

我没有和罗纳德聊伍尔芙，这对我的英语是严峻的考验。我们只是谈论罗纳德的一对女儿，她的小女儿莎莉嫁给了一个老实巴交的船员，并且有了一个洋娃娃似的儿子；大女儿芬尼 30 好几还没结婚，浪迹天涯。而我印象中的莎莉完全来源于我的老爸，他说莎莉是个沉默朴素的穿红衣的小姑娘，很乖巧地站在美术馆外面帮他们发传单。

哦，已经很多年过去了。

五

第二天，我一大早就醒了。这一觉睡得迷迷糊糊，思绪纷飞，内心独白如同行云流水。一定是晚饭吃多了。昨天的晚宴设在新天地旁边的石库门饭店，丰盛的菜肴摆了一桌子。罗纳德苦笑问，为什么总是满满的？而且每次总是吃不完。看来，7 年前饭桌上的丰富令他记忆犹新。老

爸和子墨叔叔的朋友都来了，除了搞笑大师伍顺伯伯，还有一个香港人，一个台湾人，一个美籍华人。伍顺伯伯学了中央领导讲话，唱了昆曲，然后和罗纳德开起了玩笑，当场创作了一组掺进暧昧段子的打油诗，逗得罗纳德莫名其妙地乐。

回来时，一肚子鸡鸭鱼虾就向我提抗议。夜里，肚子一直咕咕地叫，老妈说可能是消化不良，逼我吞下几粒黄色的药片。

我问老爸，明天他能不能陪罗纳德。老爸冲我不好意思地笑笑，我就懒得再说什么了。

第二天一大早，我就赶到了宾馆。老爸和子墨叔叔要晚上才能来陪他吃饭。刚进宾馆大门，就看见罗纳德在小卖部那里磨蹭。近前去，才知道他们正为百事可乐的价格发生争论。罗纳德说超市里是 2 块钱，这里为什么卖 4 块！小姐把嘴一撇，理直气壮地说，这里是宾馆！我从罗纳德手里拿过可乐罐，往小姐面前一放，说："不买了，我们去超市买。"

说完，我就有点莫名地生气，也不知道究竟为了什么。

仍在下雨。罗纳德看看天，对我说，去星巴克吧。我知道他嗜咖啡如命，把咖啡当白开水喝。昨天一路走，看到街头遍地开花的星巴克咖啡店，罗纳德一脸悠然和满足。

　　我想起了陆家嘴滨江大道上的星巴克，论风景和情调，那里是一流的。于是，不惜冒雨前往。

　　一路上，罗纳德对那罐可乐耿耿于怀，并且因此生发出更多的感慨。说是 7 年前，他走的时候，机场居然不允许我老爸和子墨叔叔送进去，而且还罚了他一大笔钱。好心痛哦。

　　我忍不住说："中国这么不好，你为什么还来上海！"

　　他嘿嘿笑着说："因为我来上海，可以不花钱啊，你爸爸和子墨请客嘛！"

　　我看了一眼罗纳德幽深的蓝眼睛，弄不清楚他是说真的，还是在开玩笑。心里好像堵进了一团东西。原本的记忆犹如一幅干净的画，这会儿生生给弄脏了。

　　坐在星巴克里，听着爵士乐，心里的闷气才慢慢消了。看黄浦江对岸的隐在雨幕中的万国建筑群，我觉得自己真的很像一个大人了。

　　我开始有闲心仔细地打量罗纳德。和 7 年前相比，他额上的皱纹更深了，两边的脸颊微微凹陷，本不浓密的棕黄色头发也稀疏了不少，只有胡子还一如既往地茂盛着，可那胡子也夹带了几缕花白。

　　洪亮悠远的钟声从对岸的海关大楼飘来，余音震颤。罗纳德安静地倾听钟声敲完 13 下，说："我每天下午这个

时候，开着车去海边，你知道，那里有大片的草坪，还有……"

听着这些话，我心里的那幅画又慢慢清晰起来。我看见罗纳德躺在草坪上，逗引他出生不久的小外孙。小外孙长着大大的脑袋，一头金发，他跳在罗纳德的肚皮上，咿咿呀呀，又滚到一边，摇摇晃晃地撑着身体坐起来……

我还看见 1941 年 3 月的一个早晨，饱受时间折磨的伍尔芙留下一封充满爱和深情的诀别信，趁丈夫伦纳德到园子里做活的时候，偷偷地溜出了家门。伦纳德从花园里回到家中不见了伍尔芙，预感到不祥。而此时的伍尔芙，衣袋里坠满了石头，在河边留下拐杖，已经沉入冰凉的河水之中……

它们本无关联，不知怎么的，我就把它们串在了一起。

我喝了一口"拿铁"，说："罗纳德，我觉得我们之间的距离一点都不远。"

"我可不这么想，"罗纳德说，他的咖啡里没有糖也没有奶，"我好像坐在一个很熟悉又很陌生的人面前。"这次他没有称呼我"小姐"，那样会让我感到生疏。

"芬尼 15 岁的时候，我曾经出门两个月。回来后，我发现我已经不了解她了。"罗纳德的芬尼现在是个特立独行的工程师。

是的，两个月也会令周围的人不认识我，我相信。每天，

我的头脑里充满各种各样的想法，没准明天就会颠覆今天的念头。我觉得自己好像一个不断分裂的细胞，瞬息万变。

"我有时会感到累。这在以前几乎没有过，也许我真的开始老了。"罗纳德的神色里滑过一丝黯然。

可我每天都觉得精神抖擞，好像时刻准备和这个世界较劲。

六

在星巴克里悠闲地消磨了一个下午。出门时，我开始暗地抱怨。此时正是大雨滂沱，路边连出租车的影子都见不着。我们在雨中走了20分钟，仍然渺无希望。我能觉出罗纳德脚下的沉重。让他在大雨里走1公里的路去乘地铁，实在很不人道。但是，这是唯一的选择。

正绝望着，一辆打着"空车"灯的绿色的士开了过来。罗纳德像看见救星一样，张开双臂招呼它。

可那司机却在地铁口将我们放了下来，说是下班时间，出租车不允许过隧道。于是，我们只能坐地铁，和那些上班族们一起挤上挤下。

出了地铁，仍不是目的地。我埋怨老爸他们为什么偏要挑那个什么倒霉的"咸亨酒店"，从地铁口去酒店还得打

车。可是，车呢？出租车一辆一辆从雨幕中过去，全都是满载。我搀扶着罗纳德走过一个又一个路口，企图能碰上一辆空车，可是，没有。

雨越下越大，我和罗纳德半边的衣服都打湿了，罗纳德的眼镜上蒙了一层水雾，不时用手绢去擦。而我，已经感到了冷。我们绝望地站在商厦的大门口，避风、躲雨。

半个小时过去了，40分钟过去了，没有车。这会儿，我的老爸在哪儿呢？子墨叔叔已经坐在饭店里喝着菊花茶了吧？而我们，却好像汪洋中的一条船。

老爸忙得真好，忙得没工夫陪罗纳德，罗纳德7年才来一回啊。7年以后，罗纳德还会有机会来吗？7年后，我也上班了。那时，我也会像老爸一样忙吗？我委屈得要哭出来。

救星是在1个小时后出现的。我终于抛弃最后一点希望，拨通了老爸的手机。"来接一下我们吧。"我带着哭腔要求道。老爸正在去"咸亨酒店"的路上，接到我的"呼救"，绕道来接我们。

欢送罗纳德的最后一顿晚饭依然很丰盛，我却一点没胃口。罗纳德好像忘了刚才在寒风冷雨里受冻的遭遇，开心地喝啤酒，说笑话。看他那天真无邪的样子，我心里对他充满了歉疚，不知道他是不是真的很开心。两天里，他

和我老爸、子墨叔叔相聚的时间不超过 6 个小时。他会遗憾吗？尽管他说，他最想见的人是我。

子墨叔叔细心地带来去年的邮册，这是罗纳德喜欢的。老爸送上一只明清时期的笔筒，也是罗纳德喜欢的。这回，罗纳德回去的行李不会超重了。7 年前，罗纳德疯狂购物，回去时行李超重罚了 100 美金。这回，并不是因为戒了购物癖，而是没了时间和心情。这回，罗纳德买的东西很有限，它们是一本中国女子的裸体艺术摄影画册，给学过舞蹈的芬尼；一条苏绣的围巾，给莎莉；一对图案漂亮的瓷杯，给他自己和他的太太。

我长大了，老爸和子墨叔叔将罗纳德全权委托给了我，而我，并不是一个好导游和好导购。

七

罗纳德是在第二天中午走的。

老爸在前一个晚上因为心急慌忙，不小心被车门夹坏了手指，所以，我们无法享用他的车去机场了。我们坐的是空港巴士。我酸酸地说："老爸，真遗憾，罗纳德没能尽情享用你漂亮的帕萨特。"老爸苦笑两声。

老爸的手指肿得很大，忍痛举着缠绕了白纱布的手指去机场，还用完好的左手给罗纳德提了行李。

临登机前，罗纳德看了一眼机场角落里的咖啡吧，说："再喝一杯吧。"

机场里的咖啡是天价，子墨叔叔犹豫了一下，还是忍痛买下 35 元一杯的速溶咖啡，一共四杯。三个男人坐在一起，又是回忆往事。子墨叔叔说，他认识罗纳德将近 16 年了。那时，他还很瘦。他拍拍自己的啤酒肚说。

老爸说，10 年前，他独自一人去奥斯坦德，在海边的沙滩上过了一夜。真是美啊。老爸感叹道。

16 年前，我还没出生。10 年前，我还吵着要用奶瓶装水喝。

一晃，那么多年过去了。老爸再也没了在海边过夜的

闲心，子墨叔叔也已经胖成了一尊弥勒佛。

罗纳德说："这次，我一定不哭。"他指指自己的眼睛，对我说。

时间，让我们坚强。

罗纳德走进安检口的时候，回过头冲我们挥手。果然没有哭。我们在原地站了一会儿，反身走出机场。

"不知道罗纳德还能不能再来了？"子墨叔叔像是自语。我和老爸都没有接他的话。我得留时间让自己想想。

机场出口围着一圈人，我们挤进去看。只见地上坐着一个形容萎靡的老太，口角流涎水，睁着一双无神的眼反复说："黄金万两，黄金万两……"没人懂她的意思。旁边有人说："老年痴呆。快通知机场寻人吧。"

老爸没工夫看热闹，拖着我就走。空港巴士开到了高速公路上。老爸的手机急促地叫起来，那头正催老爸赶紧回去。我皱着眉头扭过身子，碰到了身边的纸包。那是罗纳德留给我的，上面用红笔写了我的小名：Qingqing。

打开纸包，我把里面的东西一样一样拿出来。那是行李里装不下的博物馆的简介和光盘，宾馆里没用完的一次性香皂和浴帽，还有一只深蓝色的纸盒，里面是一只蓝花纹的水杯。

我还记得陪罗纳德买这只水杯时的情形。那是一家专

卖台湾产瓷器的小店，杯子的款式都很别致。罗纳德看中了这只蓝花纹的，买了同样的两个：一个给自己，一个给他太太。当时我说，我也好喜欢，可现在我不需要。

年轻的老板娘塞给我一张名片，说以后多带点客人过来，我给你优惠。我笑笑，没搭理她。

罗纳德为什么把这只杯子留给了我？

我抚摸着杯子上凹凸的花纹，无意中触到了杯底的裂缝。哦，原来是一只坏杯子。刚刚起来的欢喜又下去了。心底却不由得浮起一层伤感，7年，我不知道罗纳德还有多少个7年？长久的分别和重逢真是不同寻常啊。

我会在罗纳德有生之年去奥斯坦德看他一回，我有的是时间，我想。可是，罗纳德呢？

　　并不是每个人的少年时光都拥有朦胧又纠缠的怀想吧？

　　它像什么呢？像缓缓流动的浓稠的晨雾，只是试探着蹑足向前，惴惴不安地担忧着脚下是花香满径，还是暗藏危险的悬崖；又似遭遇溽热的盛夏，满怀焦灼和期待，夏日却永无尽头。

　　但四季轮换，夏日终究是要过尽的。秋凉之时，检视过往种种，会发现，所有的欲说还休、自我折磨、难以名状……居然都有了不可言说的纯真的美，恰如薄荷糖的沁凉芬芳——

第四个故事
薄荷糖

一

不知从哪天开始，早晨出门前，瑞秋多做了一个小动作。她要在镜子前站定一会儿，用上下门牙的牙齿轻咬嘴唇，原本有些苍白的嘴唇因为受了一点小小的"蹂躏"，泛出好看的血色。她朝镜子里的自己笑笑，选定了一个比较顺眼的表情，才背起书包下楼去。

从家里到学校，只需十分钟的步行。一路上，瑞秋都能感觉到嘴唇那里有点火辣辣的，她知道，在进校门前，这种感觉都不会消失。也就是说，她的嘴唇还能保持鲜润的红色。

远远地，就看见戴着值勤红袖章的高凌风老师站在校门口。背后是墨绿色的校门和蓝得空旷的天空，这两种颜色搭配在一起，有一种纯净的伤感。当然，他的背后还浮着一片喧哗，静谧的校园林荫道被闹嚷的声音罩住了，那些声音好像密密麻麻的蚊蚋在耳朵旁边打转。可是瑞秋什么也没听见，她只看见那两种颜色，甚至连高凌风老师的模样也没看清，就慌慌张张地走进学校里去了。

走到楼道上还在想，刚才有没有向高凌风老师问好呢？

高老师有没有冲她笑呢？应该是
笑了的。高老师的笑是他的标
志。高老师的脸，还带着一点
孩子气，挺而直的鼻子，长长的
眼线。笑的时候，眼睛眯起来，嘴
角向上翘起，露出白而齐整的牙齿。那是瑞秋见过的长得
最好的牙齿。

"上午第三节是英语课哦。"同桌雁南轻轻地说。

瑞秋不作声。雁南这句含义不明的话里包含了多少内
容呢？期盼、忐忑、欢喜。班上的女生都喜欢上高凌风老
师的英语课。

"今天高老师穿的那件白色夹克真好看，你看见了吗？"
雁南又说。

"嗯。"瑞秋点点头，她不看雁南，从书包里拿出课本、
铅笔盒、垫板，一样样放到桌面上。

上课铃在这时候响起来。瑞秋轻轻嘘出一口气。

二

午后两点的阳光透过木格子窗棂射进广播室。秋季的
天空比任何一个季节都要莹澈，那阳光也仿佛过滤了似的，

泛着金箔一样的光泽。

瑞秋坐在这一片阳光里，身体微微前倾，摆弄着调音台上的旋钮。她的手指从一排卡带上拂过，停住了。那盒卡带外壳上贴着用钢笔小楷写的标签——爱的问候。《爱的问候》是埃尔加的大提琴曲。瑞秋犹豫了一下，取出卡带推进录音卡座，流水般的旋律便在整个校园里流淌了。宽广醇厚的琴声修饰了课间的喧闹，那些嘈杂的声音也好像在音乐声中优雅了、温柔了。在弓与弦轻触的一刹那间，蕴含了多少难以言传的深意呢？

"最近怎么老是播这曲子？"背后传来卡佳的声音。

瑞秋扭过身子去，看见卡佳用身体推门进来，将一摞作业本放在了对面的矮柜上。卡佳和瑞秋同是广播员，只不过，卡佳念高二，瑞秋刚上高一。

"我都听腻了。"卡佳抱怨道，"换一首吧。"

说着，她取出另一盒带子，递到瑞秋手里。"王杰哦。"卡佳兴奋地说，"一场游戏一场梦。"

瑞秋微微红了脸，换上了卡带。醇厚深情的旋律停止了，空气仿佛被轻轻撕扯了一把，接续上的是王杰忧郁而野性的歌声。

"今天高老师有什么指示吗？"卡佳又冷不丁地问。

"没有啊……"瑞秋答道。高老师除了教高一的英语，

同时也是分管学生会工作的团委书记，广播室的管理自然在他的职责范围内。

"对了，想起来了，高老师最喜欢《爱的问候》了。除了这，他还喜欢什么来着……"卡佳又说。

"维也纳森林的故事、梦幻曲、绿袖子……"瑞秋随口报了出来。

"对对，你记性真好。"卡佳说，"你说，高老师这么年轻，趣味怎么这么老派？"

"我也觉得那些曲子很好听。"瑞秋说。

"是吗？"卡佳侧过脸，打量了一眼瑞秋。瑞秋避开卡佳的目光，探身去看窗外。窗外的树枝上停着一只不知名的鸟，羽毛黑黄相间，很漂亮。许是意识到被注意了，拍拍翅膀，呼啦啦飞走了。

"嘭"的一声，广播室的门被撞开了，雁南和几个班上

的女生一起扑了进来。

"瑞秋，快，快去看，高老师的女朋友来学校了！"雁南上气不接下气地说，"刚从教室门口经过呢！"

瑞秋和卡佳被几个疯姑娘拉了出去。众人屏住呼吸，站在广播室门口朝走廊的另一头张望。走廊的另一头，是团委办公室。瑞秋看见了高老师的背影，与他并行的，是一个身材高挑的年轻女子，头发长及腰际，步履轻盈。

"听说是舞蹈老师。"雁南舔了舔嘴唇，露出向往的神色。

"光背影就够好看了。"卡佳说。

"不知道什么时候结婚。"另一个轻轻地说。

"肯定很快。"又一个说。

众人正喊喊喳喳议论着，突然看见高老师停下脚步，欲转过身来。一帮丫头浑身一激灵，迅速地逃回了广播室，关上门，捂着嘴大笑起来。

三

夜深了，瑞秋房间的灯依然亮着。复习完一天的功课，不管多累，瑞秋都要写两页日记。她的日记本是经过了"伪装"的，包上封皮，看上去和普通课本无异。她有时随身带，有时藏在抽屉的深处。如果放在抽屉里，都不会忘记做上

一个不显眼的记号，比如在某一页夹上一根头发，或者用胶水将某几页轻轻地粘连。

瑞秋要防的是妈妈。妈妈的好奇心让瑞秋哭笑不得。她发现妈妈对一切与女儿有关的纸片感兴趣，便条、收据、课程表、作业本、油印通知和考卷。最感兴趣的当然是日记本。有几次，妈妈旁敲侧击打探日记本的下落，瑞秋顾左右而言他，说什么"我才不记那倒霉的日记，这不是自我暴露么"。妈妈听得一愣一愣，不过，从她的眼神里，瑞秋看出妈妈并不信她。于是，围绕着日记本，母女俩展开了一场搜寻与反搜寻的无声较量。庆幸的是，到目前为止，瑞秋还没输过。

她迫切地想把傍晚的一幕记录下来。

广播室里热闹了一个下午，高老师张罗着举办元旦的全校联欢，广播器材被挪到了室外。联欢结束，大家又七手八脚地把东西往回搬。卡佳说是家里有事，提前走了，剩下瑞秋独自在广播室里做收尾工作。等到收拾停当已经六点了。冬天里，日头短了好多，虽是傍晚，天已擦黑。校园静谧下来，安静让夜晚提前来到了。

瑞秋关上广播室的门，一转身，看见高老师也刚好从团委办公室里出来。他看见了瑞秋，冲她招招手。两人一起走到了四楼的楼梯口。瑞秋低着头，磨蹭了一下，故意走在了高老师身后。刚走下一级楼梯，楼梯上的灯突然灭了，周围一片黑暗。

"停电了。"瑞秋听见高老师说。她看见前面的影子停下来，好像在等她。

"真黑。"瑞秋说。她的声音有些颤抖，突如其来的黑暗让她不知所措。在黑暗中，原本熟悉的地方好像变了模样，恐惧和紧张混杂在一起，让她不敢挪步。

"别怕，跟着我走。"前面的影子往后退了一步，和她并排站在了一起。

瑞秋"嗯"了一声，却没有动。

"你数好了，一共是12级台阶，我们刚才走了一级，还有11级，数着往下走就行。"高老师说着，往下走了一步。

瑞秋也走了一步。

两个人一边数，一边摸着黑小心地走。高老师一直走在她左边，保持着距离，但一不留意，身体还是会挨蹭到。瑞秋心跳如鼓，屏住呼吸，仿佛身处沼泽。在黑暗的静谧中，她能听到高老师的鼻息，甚至能嗅到他口中清凉的薄荷糖的气味。瑞秋想朝另一个方向靠，可是对黑的恐惧却不得不让她留在高老师的气息里。

高老师却开起了玩笑："我上大学时，有一次也是停电，我跑得太快，在黑暗中撞上了一个鬼，吓得半死。"

"是吗？"瑞秋笑起来，她知道不可能有鬼。

"那鬼软绵绵的，缠住我，怎么也甩不脱。"

瑞秋有点怕了。

"等我好不容易甩脱了，回头再看，才缓过神来，你猜是什么？"

"什么啊？"

"是晾在楼道里的一件塑料雨披。"

瑞秋笑了。

"怕黑吧？"高老师问。

"嗯。"

"在很多人眼里，黑暗等同于恐惧和危险。可是，黑暗也能催生智慧。"

"智慧？"

"眼睛看不见，心却可以看得很远。"

在一番关于黑暗的讨论中，两人终于走到了一楼。四层楼梯的路，却感觉如同长征。这时候，电又来了。

在白炽灯的照射下，瑞秋的眼睛有些不适应。她匆忙和高老师说了声"老师再见"，便加快脚步跑掉了。可是无论怎么跑，依然能嗅到楼道上那股淡淡的薄荷糖的气味。

此刻，瑞秋的身体逃离了，思绪却依旧在日记本上逗留。她用"G"来指代高老师，想了想，又涂掉，换成了"R"。

R 是英语 tree 里的一个字母，瑞秋没来由地觉得，高老师和清俊挺拔的树是那么地神似。

四

每天的午休时间，是高一（1）班女生们自发的信息交流会。今天的日子更是非同寻常，大家都在为一件事情激动着。

雁南说："新娘子在婚礼上穿的是自己设计的裙子，手绣、织锦，美呆了。"

"她穿什么都是好看的吧。"同学笑笑接过雁南的话头。

"他们的新房子离学校不远，就在那条门口有爬山虎的巷子里。"另一个说。

"你怎么知道？"

"我妈妈的同事是新娘子的姑妈，我当然知道。"

"哦……真是令人羡慕的一对。"雁南把手捧在胸前，做陶醉状，"我以后不知道能和怎样的人结婚。"她继续喃喃道。

众人笑起来，纷纷取笑她。

"你想得可真早，不害臊呢！"一个说。

"你呀，会和阿童木结婚啊。"另一个笑道。阿童木是

班里的劳动委员，模样很俊秀，脸颊上长一颗黑痣，平常和雁南走得比较近。

"去你的！"雁南提高了音调，跳起来打那个开玩笑的。没有站稳，扑了个空，倒在旁边正埋头写字的瑞秋身上。

瑞秋让过身子，但还是被雁南扑到了。手里的圆珠笔骨碌碌滚到了地上。趁瑞秋捡圆珠笔的当儿，雁南说："瑞秋姑娘，你今天怎么这么安静啊？没听我们在议论高老师和他的新娘子……"

"我听你们说。"瑞秋说。

"唉，我们说真格的，大家想过将来会和什么样的人结

婚吗？"笑笑揽住瑞秋的肩，压低声音道。

片刻的沉默。

"……像高老师这样的就很好啊，又帅，又稳重，还风趣……"终于有一个同学打破沉默，吞吞吐吐地说。

没有人笑话她，大家只是抿着嘴笑，好像在分享一个共同的秘密。

五

瑞秋忽然地觉得无趣。做什么都无趣。上学无趣，看闲书无趣，逛街无趣，和班上的女生们聊天也无趣。就连最喜欢上的英语课，也不像从前那样充满期待、兴致勃勃。

她把这一切写在日记里。她讨厌自己这种意兴阑珊的状态，却又不知如何摆脱。一个星期前，副班长莫子雯随父母去美国学习了。临走前，请几个要好的同学去家里，说是要把大家的声音和形象用摄像机录下来，留作纪念。瑞秋是受邀的同学之一，除了她，还有雁南、笑笑、学习委员哈海光等八个人。

哈海光是男生里的佼佼者，不但是运动健将，化学和物理竞赛都在市里得过奖。他还擅长演讲和辩论，有他在的场合，肯定不会冷清。

莫子雯让大家轮流对着摄像机说临别留言。大家嘻嘻哈哈地推托了一番，还是像模像样地说了起来。

"子雯，我一直觉得你的性格很独立、很阳光，我很喜欢这样的你，希望你前途似锦，梦想成真。"雁南爽快地开了头。

然后，按照顺时针方向轮下来。大家都说了一些鼓励和惜别的话。

轮到哈海光了。他清了清嗓子，说："在女生里面，我最欣赏两个人，一个是你……"

雁南掐断他的话，问："另一个呢？"

"我这是在对莫子雯说话呢，另一个不重要。"哈海光说。

"既然说了，就把话说全吧。"莫子雯笑嘻嘻地说。

"好吧。"哈海光接着说，"另一个是瑞秋。"

瑞秋脸红了。

"但是，你和瑞秋很不同。你像夏日的太阳，你的热情能照亮身边的人，瑞秋却像秋冬的月亮，是清冷的。说真的，男生们都有点'怕'她哦……"

瑞秋有些尴尬，不知道说什么好。

倒是雁南出来打圆场："哈海光是在婉转地夸你呢。"

雁南这么一说，让瑞秋更加不自在起来。轮到她说留言时，也说得疙疙瘩瘩，重录了两遍，才算通过。

从莫子雯家回来，心情就莫名地糟糕起来。说不清为什么，是因为好友的离开让她徒增伤感，还是因为哈海光有些奇怪的话触动了她呢？时常地，瑞秋就会陷入那些乱麻一般的情绪里。轮到高老师在校门口值勤的日子，她也不再"轻咬嘴唇"了，但依然不敢与高老师正视，仿佛正视了，就会被老师看穿了心事。

可是，瑞秋却分明享受着这些乱糟糟的心绪。它让她的生活充盈而丰富，曲折痛苦却又美好。她把那些心绪变成句子，一股脑儿倾泻在日记本里。日记，是她的情绪释放处，也是一处秘密花园。没有人能够涉足，不管这个人是谁。

可是，偏偏，有人涉足了它。

这天放学回来，瑞秋便敏感地发现抽屉被打开过了。书桌抽屉的钥匙只有瑞秋有，妈妈当着她的面把另一把备用钥匙扔进了垃圾桶，以证明对女儿足够的信任。可是，今天的抽屉却有些异样，关闭的抽屉缝里，露出一角白纸。也就是说，有人在关抽屉的时候，不小心把里面的纸夹在缝隙里了。瑞秋肯定，这个动作不是自己做的。那么是谁做的呢？

瑞秋吓得一激灵。她赶紧打开抽屉，从底层摸出日记本，翻开。她小心地掀到夹了头发的那一页——头发不见了，而在页面的右下角，她发现了一处呈菊花状散开的褶皱。她马上联想到妈妈翻报纸的习惯，她常会无意识地用手指来抓报纸，而不是小心地翻页。

瑞秋脑子里一片空白，她抱着日记本冲出自己的房间，朝着厨房里正在切菜的妈妈锐声叫道："骗子！还说信任我！谁让你偷看我的日记的！"

妈妈被她尖厉的声音和愤怒的模样吓到了，转过身，半张着嘴，不知道怎么回答她。

但瑞秋根本不需要妈妈解释。她三下五除二，把手里的日记本狠狠地撕成两半，再撕，再撕，然后重重地扔到地上。一边撕，一边泪流满面。

全都给看到了。她在想。

就像赤裸了身子被展览了。她屈辱地想。

不要解释，什么都不要。与其说是被偷看伤害了她，不如说，是曝于阳光下的秘密伤害了她。

结束了，都结束了。可是最后，当撕心裂肺地哭够了，瑞秋居然感到了意外的轻松。

日记本事件很快就风平浪静。连同撕碎的日记本一起，被毁掉的还有瑞秋写日记的心情。她不再写日记了，不写，

反而轻松了许多。紧张的学业，填补了所有可以用来胡思乱想的时间空隙。

那些欲说还休的秘密随着初夏的雨季一起，滴滴答答地淌走了。渐渐地，看见高老师，瑞秋也能正视了。有时候，还和老师说说笑话。

很久以后，瑞秋想，也许还要感谢妈妈。若不是她偷看了自己的日记，让秘密无处可藏，她或许还在被秘密折磨和纠缠呢。那些隐晦的心情，是见不得阳光的；秘密，只有在黑暗的地方才能酝酿。大白于天下，反而情致全无了呢。真是奇怪。

很久以后的一个星期天，瑞秋和妈妈路过公园，看见高老师和他美丽的妻子牵着一个走路跌跌撞撞的小男孩向她们走来。瑞秋停下来，主动向老师打了招呼，还把妈妈介绍给高老师。高老师当着妈妈的面夸赞了瑞秋几句。以后的几天，瑞秋心里一直回味着那样的一幅场景，那个在夏季黄昏衬托下的生动的三口之家。

六

故事总是有"后来"的。瑞秋的故事当然也有后来。
那是 12 年以后。

　　电台读书节目主持人瑞秋接到一个电话，对方是一个中年女性的声音，音色很轻柔，透着几分疲惫。她在电话那端说："你当中学生的时候，我见过你。"

　　瑞秋很诧异。

　　对方继续说："我是高凌风老师的爱人。"

　　瑞秋心里一紧，马上说："哦，高老师现在好吗？"瑞秋中学毕业后就再也没有见过高老师，但每次同学聚会，她都关注着高老师的消息。听说，高老师早已当校长了。

　　"他……"对方迟疑了一下，才艰难地说，"不太好，他患了胰腺癌，已经是晚期了。"

　　"……"

　　"他一直听你的节目。前天，昏迷了一天，醒过来对我说，想见见你。不知道你有没有空……"

　　"我马上就来。"瑞秋脱口而出。

　　再见高老师，瑞秋已经认不出他来了。在病床上的是另一个陌生的人，被病魔

摧残得身形憔悴轮廓脱形的人。他斜靠在床上，默默地望着瑞秋，只有嘴角的那一丝笑可以辨认出他过去的样子。

"你的节目很好听，"高老师说，"你的样子还和以前一样，一点都没变。"

瑞秋无法说"你也是"。她把一束水红色的百合花放在高老师的床头，用手把花朵和叶片摆弄好。她躲避着高老师的目光，尽管那目光已经很微弱，但在瑞秋感觉里，却依然是有力的。她不知该如何表达重逢时的心情，这么多年没见，再见却是在这样的地方。

她很想说：12年了，虽然没有见面，你依然是我内心深处的偶像。

她还想说：我在播节目时，常常会想到，高老师会不会在听呢？一想到你在听，就会用心把节目做好。对了，我最爱播的曲子还是《爱的问候》。

12年前，那段最纠结的日子，也是最值得留恋的时光。忐忑、惶恐、掩藏、揣度、试探、封闭、挣扎……所有和那段时光有关的词语都是美好的。只是这样的美好从来不曾和当事人分享，将永不分享，永不可能了。

离开医院，瑞秋含泪沿着狭长的巷道往外走。院墙上爬满了紫藤，那些藤蔓一心往高处爬，想爬到外面更大的空间去。可院墙外什么依附物也没有，它们最终还是要沿

着院墙往回爬。

　　瑞秋停下脚步，摘下一片叶子拿到鼻子跟前嗅。恍然间，又仿佛回到了多年前停电时的楼道上。蓦地，瑞秋想起，那天高老师口中好闻的薄荷糖的清香，应该有个好听的名字，叫作"留兰香"。

　　青春期里，自己成了自己的陌生人。两代人的"战争"无时不在。你要通过远离自己的母亲、父亲等所有爱你的人来肯定自己的存在感，宣告自己的"长大"。

　　乖顺和服从是耻辱的，所有的墨守成规、陈词滥调都是"个性"的敌人，那个不羁的自由的青春灵魂无时无刻不在挣脱束缚，寻找更广阔的天空……

　　然而，无论怎样挣脱与纠缠，你会发现，牢牢牵系你的却是那条看不见的永恒的爱之纽带。

第五个故事
画框里的猫

一

　　三年前，我十五岁。那年的冬天，我是在郁闷和别扭的情绪中度过的。

　　直至今日，一到冬天，我就会想起这件事。尽管我连罗玉子的长相都记不清了，但所有的场景都历历在目。这是一种无声的记忆，好像在看一部默片。

　　饭桌边只有我和母亲两个人。桌上摆着一盘红烧鲫鱼，鲫鱼的尾巴翘在盘子外面，好像依旧保持着它濒死前绝望挣扎的样子。母亲把一筷子鱼肉夹到我碗里，我皱着眉又将它夹了回去。我不喜欢吃鱼，母亲却总是强迫我吃，就像她常常让我穿我不爱穿的衣服一样。我低着头，但我的心却凝视着端坐在我面前的母亲。自从父母离婚后，我觉得母亲越来越不可理喻，这个只有两个人的家变得沉寂无声。

　　我听见母亲冷冷地说："不吃也可以，有本事别的菜也别吃！"

　　"不吃就不吃！"我小声嘟哝道。

　　"好啊，你永远别吃我做的饭！"母亲啪地一放筷子，

大声说。

"有什么了不起,饿死给你看!"我也没有示弱,站起来,转身跑了出去。

我没有马上跑出家门,而是在庭院里站了一会儿。我低垂着头,看着几株蔫了的花草,隐隐地希望母亲能追出来。但母亲并没有出来,追出来的是她的骂声。她骂什么话,我记不清了,只记得当时觉得心情很灰暗,真的有饿死给她看的决心。

其实,母亲的心情我是完全能理解的。人到中年,丈夫却跟别的年轻女人跑了。在母亲的这个年龄,无论是事业,还是别的,好像都到头了。她唯一的希望只有我,而我,却偏要和她作对。母亲43岁,她到现在只做了一份职业——在国家机关的人事科里当科员,她连科长都没有当到,但母亲很为自己的金饭碗自豪。在我的印象里,时间留给母亲的纪念,除了眼角的细纹和不再柔曼的腰肢以外,没有太多的痕迹。她可以好几年不买一件新衣服,不烫头,不化妆,她一直小心谨慎地维护着什么,最终却失去了她的丈夫。

小的时候,我觉得母亲都是对的,并且真的想照母亲说的去做。母亲说要读好书,否则将来找不到好的工作;母亲说女孩要有女孩的样子,否则找不到好老公;母亲说钱要省着花,在有钱的时候也别忘乎所以……这些,听起

来都很对。可现在，我却觉出那些话里也有些不对劲的地方，但到底不对在哪里，我也说不清。我知道母亲很疼我，处处为我着想，可她的那种方式我就是受不了。有一次，我在班委选举中落选了，母亲知道了，比我还难受。她说这样多没面子啊，别人会怎么想啊，还跑去找班主任谈话。母亲这么做，弄得我很难堪。我和她大吵了一通，她很伤心，说我一点都不体谅大人，她是为我好。

这些日子，类似的冲突在我和母亲之间经常发生。有一次，母亲哭着说，怎么生出这样的女儿来，两个人像一对冤家。母亲的疑惑我也有，心里想，凭什么要和你一样啊？有时候，我觉得自己挺坏的，也想乖乖听母亲的话。可正想俯首帖耳，偏偏又有个小人跳出来，不许我听话。于是，总是觉得别别扭扭的。

我不知道自己身上究竟发生了什么，总想和母亲吵架，我还感到身体里的血液在逐渐凝固、暗淡。我马上要到十六岁了，人家说十六岁是花季，可我青春的血液却似乎越流越慢。

二

我还没等母亲骂完，就跑出了院子。

院门正对着后海。后海里的水结了一层薄冰，在冬天的太阳下反射出脆弱的光。我抱着手臂，靠在后海边的石柱上，情绪很糟，心里对母亲充满了说不出的怨愤。这时候，我听到了一阵敲打声。

循声望去，我的眼前一亮：就在几步远的地方，不知什么时候冒出了一家颜色鲜艳古里古怪的小店。我想那应该是个小店，木门上画了一条比人还高的黄黑相间的大鲤鱼，外墙被漆成了天空一样的蓝色，上面镶了几十个花花绿绿的瓷盘，房檐上还搭出了个橘红色的凉棚，吊了些风铃之类的叮叮当当的小玩意儿。店招好像是木头做的，有一人高，插在门外的泥地里，上面写着：玉子手工制作。

我努力地想了一下，才回想起这个小店所在的房子原先是邻居空关了很久的破败的老屋，才十来个平方米，如今，它"老母鸡变鸭"了。

蹲在地上敲打的是个女人，女人的背影吸引住了我的视线：她上身穿了件半新不旧的皮夹克，背上靠肩胛的地方画了一朵手绘的牡丹——我敢保证是画上去的，下身穿一条水红色的大花裤子，头上扎了块同色系的包头布。我敢说，整条街，没有一个女人敢这么穿戴。

她正在往墙上钉一个漂亮的房子形状的信箱，那信箱的位置特别矮，刚好够到站在她边上的小男孩的肩。那小男孩四五岁的样子，估计那信箱是为他装的。

女人发现我在看他们，就冲我笑了笑。她招了招手，让我过去。我迟疑了一下，还是过去了。我不习惯和陌生人说话，但眼前的这个女人似乎和别的大人不一样。她的脸上带有一种孩童的表情，笑起来和她的儿子差不多一样天真无邪。

我很快知道她叫罗玉子，那男孩叫石头，今年五岁。我问罗玉子，店里头都卖些什么？罗玉子骄傲地说，卖的都是天底下最特别的东西。我朝店里探了探头，果然看到蓝色的架子上摆了大大小小千奇百怪的工艺品。我问，这些都是你自己做的吗？罗玉子点点头，她指着一双小铜鞋说，信吗？这是用石头三岁时穿的鞋子做的。还有，这些镜框是我和我的朋友一起画的。

我从没见过这么漂亮的镜框，它们被小心地悬挂在架子上，上面画了带有异国情调的图案。还有那些罗玉子亲手制作的草叶纸灯罩，铺展在天花板上的色彩淡雅的手揉纸，让人想到飘飞的云絮，心里便莫名地柔软起来。

这就是我第一次见到罗玉子。我觉得她比我大不了多

少，但是按年龄推算，罗玉子至少有三十五岁。从罗玉子那里出来，我又在后海边磨蹭了一会儿，才回了家。母亲见了我，没作声。我知道她已经消气了，可是我还想着自己说过的话。说出去的话，泼出去的水，我真的下决心不吃母亲做的饭，看谁能坚持到底。

结果，还是我输了。我坚持了三天，趁母亲不注意，偷偷地吃饼干。到了第四天，我觉得脚底轻得打飘了，而且不可遏止地想吃肉、吃虾，最终，我狼吞虎咽地吃下了母亲递过来的鸡蛋羹。我和母亲之间的战争不战自败。

三

在罗玉子那里，我认识了第一个她的朋友，她叫"猫"。

其实罗玉子的小店也像猫的习性，白天打盹，晚上却焕发出异样的神采。罗玉子说，"猫"是她给她起的昵称。我不知道"猫"的真名，估计她比我大不了多少，刚刚高中毕业，没有考上大学。看样子，她也没有上大学的打算。"猫"整日窝在罗玉子的小店里，听音乐，画画。那些日子，她们一直在痴迷地画猫，在墙上，在画布上，在镜框上，她们一边画，一边听一种古怪的音乐。罗玉子说，那音乐来自印度，来自天堂。

当整条巷子黑暗沉寂以后，只有罗玉子的小店还醒着，从里面流出温暖的光和音乐。从我的窗口，可以看到从罗玉子的门缝里流淌出的蛋黄一样的光线。我总觉得，那光线像奶酪一样诱人，而我，恰恰像一只馋嘴的小老鼠。

那天夜里，我很早就睡了。也许是天热，也许是因为别的，我一直没有睡着，于是，干脆起床，摸黑去敲了罗玉子的门。

罗玉子蹦跳着迎接了我。我注意到屋子里还有一个穿黑衣服烫粟米头的女孩，她背对着我，连头也没回。她正在给画板上的猫上色，那猫看上去很古怪，蓝色的身体，冷峻的神情，还有一双红色的眼睛。

罗玉子说，这是我的朋友"猫"。"猫"这才抬头淡淡地看了我一眼，又将她的视线转到了画上。

我将架子上的东西一件一件地看过去，好奇地向罗玉子问这问那。罗玉子很耐心地回答我，可我总觉得她的话我不完全听得懂。我问她，为什么要把石头的鞋子铸成铜的？罗玉子说，她要记录石头的成长，那鞋子里有石头的生命。我还问，你为什么要做那么多陶制的芸豆，它们有什么好看？她说芸豆是生命体啊，她热爱一切有生命的东西。

问到后来，我越来越觉得自己俗不可耐，蠢笨不堪。

我的每个问题，罗玉子都能用不着边际充满诗意的话回答我。她说的话仿佛在云雾里，你以为听懂了，却还是模棱两可。后来，我听到了"猫"的窃笑。她把画笔往笔筒里一插，掉过头来，用一种调侃的神情看着我，她的表情让我感到了一种侮辱。

"你能不能不问这些个'为什么'？""猫"说。

我默不作声地看着她。

"你说说，我画的猫怎么样？""猫"问我。

"像一只妖精。"我尝到了报复的快感。

"谢谢你的夸奖，我就是要这样的效果。""猫"快活地说。

说着，她把画框挂到了墙上，后退几步，自我陶醉地欣赏起来。她们没有再搭理我，我在藤椅里坐了一会儿，就起身告辞了。说实话，那个晚上，我觉得有些无趣，可心里却充满了探究的欲望。我想我遇到了两个奇怪的人，她们的生活她们的脑筋和我们普通人太不一样了。我们生活在人间，她们生活在天上。

四

罗玉子很快就引起了人们的注意。她扎着包头布的形象犹如一抹浓重艳丽的色彩，吸引了所有人的视线。从每

天在巷口卖酸奶的大妈，到扫尘的外来妹，都知道后海边来了个奇怪的女人。他们起先是探究她有没有老公，曾经做过什么工作，接着又对她的经济状况产生了兴趣。后来，人们终于得出了一致的结论：她曾经结过婚，但现在和老公离婚了，她没有固定工作，并且也没什么钱。

我想，人们的结论基本是正确的。罗玉子和"猫"曾经带我去买过东西，她们去的是批发市场，在那里买廉价的绘画用品。罗玉子还说起，有一回她在小摊上看中一只30元钱的玩具猫，可是她没买，因为兜里没钱。才30元啊，罗玉子说的时候，我有意看了看她的脸，她看上去很平静，经济上的拮据似乎一点都没能影响她的情绪。不知怎的，我想起了我的母亲，自从父亲和她离婚后，她就成了一个受伤的怨妇，总觉得自己是弱者，就怕给人欺侮。有一回，父亲的抚养费晚到了几天，她一天打五个电话去催。我说你烦不烦哪，母亲咬着牙说，你懂个屁！母亲常常让我感到紧张，她好像被什么箍住了一样，而我，又被母亲箍住了。

我和罗玉子她们的亲密关系很快引起了母亲的不满。那天，正吃着饭，母亲突然说："你以后少到罗玉子那里去。"我说："为什么啊？""近墨者黑，你知道那个烫鸡窝头的姑娘是什么底细吗？"我扑哧笑出来："什么鸡窝头啊，是粟米头。"我知道母亲指的是"猫"。

"我管她什么头。她呀，大学考不上，给父母赶出来啦。她父母都是大学教授，却偏偏生了这么个顽劣的女儿……"母亲说。

"你怎么知道？"我很惊异于母亲的侦探本领。

"你别管，反正，你以后少去那儿！"母亲用命令式的口气说。

"可她画画很棒。"我说。

"会乱涂乱画有什么用。"母亲轻易地把我顶了回去。

"要是我考不上大学，你也会赶我出去吗？"我试探道。

"当然！这年头，不上大学还有什么出路！"母亲正色道。她的语气让我觉得再无转圜余地，我不再作声，闷头喝汤。

"看着吧，罗玉子收留这么个人，迟早会有麻烦。"母亲预言说。

五

母亲的话很快得到了应验。那天下午，我放学路过罗玉子的店门口，听到里面传出争执的声音。门口已经围了一圈人，正屏息静气地在那里看热闹。我也挤了进去。

除了罗玉子和"猫"之外，屋子里面还站着一男一女两个中年人，都戴眼镜，穿得一丝不苟。他们站在一起，好像传统遇到了现代。"猫"侧过一边脸，站在角落里，脸上是特别不情愿的表情。我猜，那两个人一定是"猫"的父母。

"你这么纵容她，你能对她的将来负责吗？""猫"的父亲说，口气还比较平和。

"是，我没法负责，可你们有能力为她设计将来吗？她为什么不能选择自己的生活？"罗玉子不紧不慢地说。

"你根本没有权利指责我们，她是我们的女儿！""猫"的母亲激动起来。

"是啊，她是你们的女儿，可你们生她下来，她就是个独立的人，她不是你们的财产！"罗玉子也不示弱。

"你有什么资格来教训我们？看看你自己吧，你有什么？你给人扔了，窝在这么个破屋子里，还是把你自己管

好吧！"没想到知识分子也会口不择言。

"别吵了！""猫"大叫一声，从角落里蹿出来，不顾一切把她的父母往外面推搡，"你们走，走，我跟你们回去就是了！"

"猫"以最快的速度把她的父母推了出去，她始终没有掉一滴眼泪，我从心底里佩服她的坚强。更让我佩服的是罗玉子，他们一走，她就打开了音响。幽雅神秘的印度音乐在小小的屋子里回旋游荡，空气顿时沉静下来，仿佛什么都不曾发生过。

看热闹的人渐渐散了。罗玉子看见我站在门口，冲我笑了笑，她指着墙上一个巨大的画框说："你看，是'猫'画的，多么神奇漂亮啊！"画框里蹲着一只神秘诡异的红色的猫，它闭着眼睛，表情特别温柔甜蜜。

六

从此，"猫"像水汽一样从罗玉子那里蒸发了。我曾经问过罗玉子"猫"的行踪，她很神秘地看了我一眼，说"猫"去旅行了。"她去偏僻的地方，寻访制陶的人，做一个民间艺术家，那是'猫'的理想。"罗玉子说，她用手抚摩了一下手边一只蓝色的泥猫，她说那是"猫"的作品。

　　我想起一直有一个问题没有问她："你们为什么那么喜欢画猫呢？"

　　"嗯，"她沉吟了一会儿，说，"猫很灵敏，它可以在地上走，还可以爬到房上、树上，而且猫有九条命，摔不死。做一只猫多好，多自由啊。它们永远那么孤独、骄傲，不依附任何人。"

　　"可是猫是人养的。"我找出了她的破绽。

　　"为什么要做一只家猫呢？做一只野猫不行吗？"罗玉子说着，睁大了眼睛，她的目光在灯光下灼灼逼人。

　　"你怎么像个姑娘？你和我妈妈一样，都离了婚，为什么我妈妈总是愁眉苦脸，你却每天都很快活？"我大着胆子问。

　　"离婚有什么不好？我离了婚，我就有了自由。"罗玉子说。

　　"可是你没有工作。"

　　"要工作干吗？我现在多好，没人管我，想干什么就干什么，我又不需要很多钱。"罗玉子说。

　　我忽然觉得自己有些蠢，那些问题到了罗玉子那里都不是问题了。她的小店里有时会有零星的客人，一般都是老外或者观光者，他们中的有些人喜欢她做的东西，就买下了。我知道那些东西都卖得不贵，几元或几十元一个，

最贵的不过二三百元。这样一想，罗玉子似乎也不会太穷。至少，她每天能喝上一瓶酸奶。

不久以后，一个男孩出现在罗玉子的小店里，他叫左耳，是罗玉子的新朋友。我想起罗玉子曾经说过，她喜欢不断结交新朋友。而我，不过是罗玉子窗外的一双眼睛，一个常常在远处观望的人。罗玉子没有把我当作她的朋友，但每每和母亲吵了嘴，我都喜欢到罗玉子那里去寻求庇护。因此，母亲对罗玉子的成见也越来越深。她们俩没有正面说过话，我也刻意不让她们有说话的机会。直到左耳来了。

左耳也没有职业，好像读到高二就退学了。目前，左耳正在进行一项艰苦而有意思的工作，成天扛着迷你摄像机在街头拍纪录片，晚上就来罗玉子这里画画。他和罗玉子很说得来，常常说着说着就大笑起来，收也收不住。左耳待我要比"猫"友好，他好像知道有"猫"这个人，有一回，他央求罗玉子，希望将来三个人能成立一个艺术工作室。罗玉子不置可否。左耳说话时，她正在给澡盆里的石头洗澡。石头在澡盆里一刻不停地甩动四肢，不断地将水泼出来，但罗玉子没生气，还是很耐心地往这孩子身上撩水。我也站在澡盆边，我们身后是一只烧得火红的暖炉。左耳见罗玉子没什么反应，就凑过来和我说话。

"我想请你帮个忙，"左耳说，"我想给你拍片子。"

"给我拍片子？拍什么？"左耳的建议让我觉得又好奇又兴奋。

"拍你和你妈妈吵架。"左耳说。

"亏你想得出！"我有些生气，别过脸去。

但左耳并没有放弃，像只苍蝇一样在我的耳边磨。他说了很多理由，说真的，有些理由还真让我动心。他说他想表现两代人的冲突，呼吁成年人对我们的理解。他还说，他要去参加一个微型纪录片大赛，如果得了奖，我就成明星了。

每个女孩都想做明星，我承认，左耳的最后一条理由把我说动了。我答应试试。可是拍摄的难度很高，我相信，母亲说什么都不肯在片子里丢人现眼。左耳说没关系，他有办法。

以后的几天，左耳有一半时间扛着微型摄像机猫在我家门口的大槐树上，伺机而动。而那几天，我和母亲之间特别平静。我问左耳这两天都拍了什么，左耳神秘兮兮地捂着摄像机，说到时候就知道了。

幸好我和母亲都没让左耳等太久。在一个平常的日子里，母亲背着我检查了我的书包，在里面发现了一支口红。当时，我还在床上睡懒觉，母亲举着证据冲了进来。

"起来，这是哪儿来的？"母亲怒冲冲地说。

"不就是一支口红吗？"我轻描淡写地说。

"还嘴硬！你说，哪儿来的？小小年纪就涂脂抹粉，哪里还有心思学习！"母亲振振有词地说。

"这跟学习没关系！"我从床上坐起来，眼角瞥见左耳不知什么时候已经扛着摄像机溜了进来。也许是因为这个缘故，我表现得比平时更激烈。

"怎么没关系？你会分心，成绩会下降，考不上高中考不上大学，看你怎么办！"母亲对身后的镜头浑然不知。

"现在是什么年代了，还用老一套教训人。妈妈，你为

什么样样都要和学习和前途挂起钩来，有这么严重吗？"

"怎么不严重？考不上大学，就找不到好工作，就跟那开小店的女人一样。"母亲搬出了个反面例子。

"开小店怎么啦，为什么一定要找工作？我还羡慕罗玉子呢，那么自由，那么自我。"我说。

"好啊，你现在会说话了，有本事你别问我要零花钱！"母亲动不动就拿钱来压人。

"我才不要你的零花钱呢，我去打工，自己去挣！"我看见左耳离母亲只有一步开外，真担心母亲发现了他。我想不出母亲会有什么反应。

噩梦瞬间就发生了。母亲一转身，便看见了身后那个黑洞洞的镜头。她先是吓了一跳，很快就明白了一切。左耳向母亲尴尬地一笑，别转身就往外逃，一边逃一边没忘了把镜头对准母亲扫。

母亲很快就去找了罗玉子。那时，左耳已经逃之夭夭。

母亲质问了罗玉子很多话，比如她知不知道自己引狼入室，还说她不希望我和罗玉子接触，因为这样可能带坏我。罗玉子一直安静地听，没有辩驳，也没有解释。母亲说完，罗玉子抬起头，看了我一眼，淡淡地笑了笑，说："您别担心，我很快就会离开这里。"

"那就好，我可以放心了。"母亲冷冷地说。

母亲说这话的时候，我真的很恨她。可罗玉子脸上一点都没有生气的样子，她手中的笔一刻都没停，她在画一只红色的猫，那颜色像火一样炽热。

七

几天后，罗玉子那天说的话得到了证实。我经过她的店门口，看见她和左耳正在往外搬东西，门外停了辆卡车。我站在不远处看着罗玉子，觉得双腿软塌塌的，心里有个发毛的缺口，觉得很对不起她。罗玉子穿了一身牛仔服，头上扎了块蓝白相间的包头布，看起来很精神。她走过来，拍拍我的肩，说："我本来就准备走的，和你妈没关系。"

"你去哪儿？"我问。

"去山里，我在那里开了个窑，做陶器。"罗玉子快活地说。她总是做一些出其不意的事情，脸上永远是一副超凡脱俗甘于寂寞的样子。

我看着罗玉子帮着工人搬东西，心里很不舍，整个人好像突然抽去了支撑的东西。当最后一样东西装上了车，我依然站在那里。我想，罗玉子离开这里，意味着这条灰暗的巷子不再有鲜艳的色彩，寂寞的夜里不再有温暖的灯光，沉闷的空气里不再有轻灵的音乐了。想到这里，我有

些伤感。

罗玉子朝我走过来，手里拿了个木制的东西。那是一个画框，里面蹲着一只神态悠然的红色的猫。"送给你。"罗玉子说。我接过来，看了看那只幸福的猫，眼泪要下来了。

"哦，可千万别有眼泪。"罗玉子夸张地调侃道。转过身，关上了那扇彩色的木门。

左耳走到我身边，悄悄地说："明天下午两点，在木雕酒吧，放我的片子。过来看吧，你是主角。"

第二天下午，我去了木雕酒吧。这是我第一次去酒吧，那里有些简陋，可气氛是暖融融的。我遇到了左耳和罗玉子，他们站在那些人里面，似乎和周围的人很协调，这是我的新发现。左耳告诉我，他的片子排在第一个放。

左耳的片子叫《无题》。镜头拍得摇摇晃晃的。我先是看见自己平常的一些生活场景：每天准时去上课，趴在桌子前写作业，在罗玉子那里解闷，到小吃摊上买糖葫芦解馋……接着看到母亲的生活场景：急匆匆地回家，围着围裙做饭，在集市里和小贩讨价还价……我正纳闷左耳是怎么拍到这些的，画面上出现了我和母亲争执的镜头。在画面里，我蓬着头坐在床上，样子特别丑陋，说话的声音也很尖细，听起来和平时不太一样；母亲出现在画面里的始终是她的背影，她的背影看起来很高大，时不时地把我的

脸遮住。可能是因为拍摄角度的缘故，母亲的身影在画面中显得特别庞大，而我就显得有些遥远和渺小。这场争执自然是以我的失败为终结，最后一个镜头是母亲的背影遮住了整个画面。然后，片子就完了。

我明白左耳想说什么意思，但我并不很满意，因为他把我拍得太丑了。片子放完了，左耳凑过来问我感觉怎么样，我说不怎么样。左耳有些失望，说他以后一定能拍一部更好的。看他的表情有些惨淡，我起了恻隐之心，安慰他说，我特别佩服他能拍到一些不容易拍到的画面，我说他像一个高明的侦探。左耳的脸上才稍稍有了点喜色。

我很快就和他们道别了。因为母亲在等我吃晚饭，我不想回去晚了，又挨骂。正是深冬的时候，路边的泥土都给冻住了，树枝颤颤巍巍地伸向空中，发出无声的叹息。想到回家，我的心里就产生一种莫名的紧张感，仿佛要去投奔一个暗淡的前程。

八

从那以后，我再也没见过罗玉子和她的朋友。后来的日子，我有时会淡淡地想起他们，猜想他们可能正在某座深山里，过着悠闲而神秘的隐居生活。

  三年后的夏天,我在高考中落榜了。母亲哭得呼天抢地,仿佛家里有了丧事。落榜,是我早就想到的,因此,并没有太伤心。我漠无表情地看着母亲悲恸欲绝的样子,忽然想起了罗玉子。是的,谁都要考虑将来的生活。我也不知道罗玉子他们怎么会在这个时候闯到我的脑海里来,我挺想他们的,真的。

　　"成长的代价"有许多种：懵懂、迷失、付出、反抗、孤独、伤害、被伤害、悲喜交错……没有一个人的成长不需要付出代价。没有例外。

　　每个人在他人生的最初，总有一段错乱的时光。而时光在任何人面前都不会停止流逝，只对死去的人除外。死亡，让时间暂时定格。曾经，少年时光里，有太多的资本可以供我们挥霍和倚仗，好身体、梦想、流浪的心……但这所有的一切都架不住亲人的离去——

第六个故事
左边

一

　　姬海蕊是我的健身教练，我们每周有三次见面。她长着一张娃娃脸，扎马尾辫，小麦色皮肤泛着健康的光泽。她帮助我做形体训练，休息的间隙，我们会端着水杯聊天。

　　在做体能测试的时候，我向她抱怨："我总觉得左侧上下肢的肌肉不够有力，跑步时能感觉到，好像一脚轻一脚重的。"

　　"是左侧吗？"她俯下身子，用手轻轻触摸我的左上肢和左下肢，若有所思地说，"你的身体很敏感哦。"

　　"只有在集中注意力的时候才感觉到。"我说。

　　她点点头，看着体能测试仪上的数字说："左侧身体的肌肉是弱一些。"

　　"嗯，我从小就是这样，左手左腿都感觉无力，更不要说用左手推铅球了。那铅球甚至可能被我扔到身后去。"我说。

　　"是吗？"姬海蕊仰脸笑起来。不过很快，她似乎想到了什么，渐渐收了笑，继而便陷入了沉默。

　　"怎么了？"我问她。

"我想起了一些和左边身体有关的事情……"她说。她喝了一口水，看我现出好奇和探究的欲望，便开始慢悠悠地给我讲了一个故事。她说的故事深深地感动了我，让我很难忘记。现在，我把这个故事原汁原味地转述给你们听——

二

我的爸爸是个军人，妈妈随军。我出生后，他们不方便把我带在身边，便把我留在了农村的爷爷奶奶身边。想起在农村的时光，那真是欢乐。每天早晨眼睛一睁，我就撒腿跑出去了。那里的天地可以让我尽兴地撒野。我和小伙伴们一起下河捉鱼，上树掏鸟窝，每天像只小猴一样上蹿下跳地疯玩。我从不好好走路，觉得在平地走路太没劲。我喜欢跳进土坑里，喜欢在墙上走，喜欢在树桩上走路，就是不肯好好走平地。如果非得走，那我就跑，能跑多快就多快。我经常闯祸，不是碰翻了人家晒在打谷场上的竹匾，就是疯跑着把好好走着路的人撞倒，有个被我撞倒的老人还摔断了腿。为了这，我没少挨爷爷奶奶的打。打归打，可我还是和爷爷奶奶亲。

要上学了，我不得不回到爸爸妈妈身边，心里有一百

个不愿意。爸爸很少在家，大多数时候，我和妈妈在一起。但我总觉得和他们生分，爱和他们拧着来。他们让我向东，我偏要向西。

我妈妈是一个不爱说话的人。但她好像很想弥补对我的爱，有事没事总是和我说话。她问一句，我答一句，有时候，我干脆不答，她就很扫兴。她做了什么菜，我总说不好吃，没有奶奶做得好，或者干脆把碗一推，不吃了，一转身，又溜了出去。

我像过去一样经常闯祸，要么打碎了人家的玻璃窗，要么就是和新认识的小伙伴打架，把人家打出了鼻血。每回人家上门告状，妈妈都要赔笑脸。人家一走，妈妈就回来问我。“怎么一点都不像一个女孩呢？”她好声好气地抱怨。但我从来都犟着脑袋噘着嘴，拒不认错，仿佛天底下所有的人都欠我。

只有爸爸能治我，因为他有拳头和力气。可他的手还没有抡起来，妈妈就扑过来护住我，然后爸爸就要费力把妈妈拉开。每一次都折腾得惊心动魄的，那气氛真的很可怕。我身上并没有挨到爸爸的巴掌，可我已经哭了起来，一边哭，一边求饶。爸爸这才作罢。

照理，我应该感激好脾气的妈妈。可我并不领情，仍旧一有机会就淘，常把妈妈气得红了眼睛。

偶尔，我也有安静的时候。妈妈忙完了家务，闲下来，就坐在椅子上打毛线。她喜欢穿格子衣服，格子衬衣，格子毛衣，格子的呢大衣。她总是挑阳光晒不到的地方坐，因此想到妈妈，我都会联想到一片淡淡的阴影。妈妈的脸色总是很苍白，像纸一样白。那时，我坐在门口，回头望着妈妈，尽管妈妈很病弱，但我还是觉得她的样子很美。

爸爸关照我说，妈妈身体不好，不要惹她生气。我并不知道妈妈生的是什么病，只是每天看她一大把一大把地吞药丸、喝中药，还要定期去医院。听了爸爸的话，我点点头。可是一转身就忘记了。

最糟糕的事情发生在我上学以后。

在农村疯惯了的我像一匹野马，天天坐在教室里，觉得浑身难受。上课时，我总是望着窗外发呆，树上的一只鸟，天上的一朵云，都可以让我专注地看一堂课。憋得实在忍不住了，终于有一天，我决定逃学。

起初，只是好几天才逃一节课。见老师和爸爸妈妈没什么反应，慢慢胆大了，我干脆一逃一整天，甚至连着几天不去学校。每天早晨，到了上学的时间，我就会跟妈妈说："妈妈，我上学去了。"妈妈总会说："路上小心点，回来给你做好吃的。"

逃学的日子我去了哪里呢？确切地说，我都记不起来

了，反正玩得昏天黑地的。日薄西山了，差不多到了放学的时间，我才有模有样地回家。

见了我，妈妈都要说："怎么弄得这么脏？"

我说："在操场上跑步摔的。"

妈妈信了，脱下我的脏衣服，拿去洗了。

就这么过了几天。有天上午，班主任打电话给妈妈："你家孩子病了吗？怎么好些天没来，连病假都没有请……"妈妈在电话这头愣住了，但她并没有马上发作，而是找了个借口，说我真的病了，是她这做妈妈的失职，忘了向学校请假之类（这些是过了很久妈妈才告诉我的）。

我像前几天一样，傍晚才回家。妈妈问我白天学校里的事，我眼睛望着天花板，瞎编了几句，说今天老师又教啥啥啥了。妈妈认真地听着，居然没有当场戳穿我。就这样，我平安无事地过了一夜。

第二天一早，我照例跟她说："妈妈，我上学去了！"妈妈"嗯"了一声，我根本没在意。没想到她偷偷跟在我屁股后面，眼看着我背着书包蹦蹦跳跳地路过学校，向部队后面的小山坡跑去。

昨晚刚刚下了一场雨，我想好了要上山采蘑菇玩。正当我起劲地往山上爬时，身后的一声呵斥差点把我吓趴下："看你往哪里跑！"我回头一看，是妈妈！露馅了！我第一

个反应就是：快跑，捉到就完蛋了！

"海蕊！海蕊！"我从没听过妈妈用这么高的声音喊我。我心里想着，不能被捉到，不能被捉到！一想到爸爸巴掌的滋味（军人爸爸的巴掌比爷爷奶奶厉害多了），我的屁股后面好像装了小马达，催着我没命地跑。

我在前面跑，妈妈在后面追。

我听到她粗重的喘息声和咳嗽声，但我没有停下。不知道跑了多远，我累了，快跑不动了，心想，这下完蛋了。回头看看，嘿嘿，妈妈也跑不动了，正靠在一棵松树上喘气。她用手指指我，说："妈妈跑不动了，快停下来。"可我不听，继续往山上跑。于是，妈妈只好努力地撵上来，但总和我保持着一段距离。

我一阵得意。只听妈妈在后面用气声说："别跑了，妈妈保证不让爸爸打你……"一听到"爸爸"两个字，我跑得更快了。不知不觉，已经跑到了一条宽不过一人的山径上，一些枯树枝横七竖八地倒伏在地上，成了天然的路障。我跑得踉踉跄跄，顾不得回头看。不知道又跑了多久，隐约听见身后很远的地方传来"哎哟"一声，但我仍旧往前跑。跑了十来步，我浑身一激灵，停下了。回头，看见妈妈摔倒在山腰上，挣扎着无法爬起来。

我愣了一会儿，这才想起往回跑。

好不容易扶起妈妈，她整个身体都靠在我身上。她好像摔得很厉害，连路都没法走了。我用尽力气，龇牙咧嘴地搀扶着她下山。不知道走了多久，等到下了山，我和妈妈浑身都被汗水湿透了。这时，正好过来一辆人力三轮车，我们直接去了医院。

后来，爸爸来了。

再后来，妈妈被推进了手术室。

医生说，妈妈是股骨头粉碎性骨折，需要动手术。在我的记忆里，这些场景都是无声的，好像在看一部黑白默片。片子里的我，并不在场，我只是一个旁观者，看着妈妈被推进手术室，看着爸爸目送她的背影。

以后的很多年里，我反反复复做同样的梦——我在前面跑，妈妈在后面追，山径越来越窄，越来越窄。天黑下来，从后面传来妈妈的呻吟……

手术做得并不成功。出院后，妈妈一直躺在床上。她再也不能像原先那样走路了。我这才知道，生下我不久，妈妈就患上了一种病，叫作"系统性红斑狼疮"。难怪妈妈不能晒太阳，难怪她上不动班，难怪她总是吃药。因为长期服用激素，她的骨头松脆得像玻璃一样。

爸爸始终都不知道妈妈是为什么摔跤的。妈妈只是说，走路不小心，给石头绊倒了。妈妈这样说的时候，眼神柔

和地看着我。我不敢看妈妈的眼睛。这是我和妈妈之间的秘密，是一块让我感到可耻的心病，但我始终不敢对爸爸说出真相。

妈妈躺倒了，爸爸不得不请姑妈来家里帮忙。我不再像以前那样淘气，我听妈妈的话，好好上课。放学回来，总要到妈妈床前站一会儿，让妈妈摸摸手、摸摸头。我也会主动给妈妈倒杯水，拿一个靠垫给妈妈，让她可以半躺着和我说话。妈妈再也没有提上山追我的事，就像它从来没有发生过一样。

有一阵，妈妈感冒了，并发了肺炎，又被送进了医院。她病得很重，昏过去两次。我以为妈妈要死了。我在医院的走廊里哭，眼前总是出现那个反反复复的梦。我哭得声嘶力竭，好像妈妈已经死了那样。医生和护士都看着我，说："这个孩子真孝顺，对她妈妈真好。"可我心里知道，我究竟为什么这么伤心。

幸好，妈妈被救过来了。出院回家的那天晚上，我站

在妈妈床边，安静地望着她。妈妈拉过我的手，说："海蕊，今晚能陪妈妈一起睡觉吗？"

我点点头。从记事起，我从没有和妈妈一起睡过觉。我总是一个人睡。

爸爸出去值夜班了。床上就我和妈妈两个人。我睡不着，妈妈也睡不着。透过窗帘的缝隙，看得见夜空里的星光。

妈妈轻声在我耳畔说："睡不着，可以听听外面的声音。平常，妈妈晚上也经常睡不着，在夜晚的寂静里，一个神秘的世界就开始活动了……"

我屏息静听外面的声音。起初，什么也听不见，但渐渐，我听到了各种各样的声音，微风呼呼的嘶鸣声，远处小河清脆的歌唱声，夜虫在高一声低一声地对歌。又听了一会儿，似乎还听到了树木的枝叶在吐芽，小草在生长……我感觉着妈妈温热的呼吸，在那些静谧的声音里睡着了。

这是我和妈妈唯一一个睡在一起的夜晚。我希望自己能永远地守护妈妈。

三

两年后，我上小学三年级。妈妈也整整卧床两年了，她的身体越发虚弱。长期卧床，妈妈身上的肌肉萎缩了，

　　她的胳膊和腿都又细又干瘪，好像年老的人。天暖的时候，我帮姑妈一起给妈妈擦身。我用力抬起妈妈的腿，感觉妈妈的腿是僵硬的。

　　初夏的一天，妈妈再一次住进医院。她一下子并发了很多种我叫不出名字的病。姑妈红着眼睛偷偷告诉我："你妈妈这次恐怕出不了院了。"

　　我摇头。我不信。眼泪却不自觉地掉下来。

　　正值期末考试，妈妈关照爸爸和姑妈，不要让我去医院看她。"叫海蕊专心复习功课。"妈妈让姑妈转告我。

　　"你妈妈情况还不错，没事。"姑妈还特意多说了一句。

　　那天下午，考数学。考到一半，班主任老师突然把我叫了出去。

　　"别考了，快去医院吧。"老师神情忧虑地对我说，我在她脸上看到了一种从没有见过的表情，那是一种很深很深的关切与同情。班上的每个孩子都怕班主任，她总是那么严肃易怒。可是现在，老师在前所未有地温柔地对我说话。

　　可是我一点都没有感到温暖。我背脊发凉，心突突地跳起来。我的身体好像被抽空了，脚步有点打飘。我预感到了什么。

　　爸爸在等我，他用自行车驮着我一路"飞"去了医院。我感觉我们在飞，爸爸把自行车踩得飞快。路上，我们一

句话也没有说。

我心里只有一个念头：马上见到妈妈。

到医院了，我跟在爸爸后面，往急救室跑。进了门，我看见里面围了很多人，姑妈、姑父，还有好几个妈妈平时要好的朋友，他们都垂着头，在流泪。见我来了，他们马上让出了一条道，让我走近妈妈。

病床上的妈妈，闭着眼睛，一动不动，她的身上插着各种奇怪的管子。她的脸色好白，和床单一样白。

"和妈妈说说话。"爸爸说。

但我只是叫了一声"妈妈"，没有再说别的。我伸出手，去拉妈妈的手。病床侧对着门摆放，靠近我这边的是妈妈左侧的身体。我摸摸妈妈的左手，又摸摸妈妈的左胳膊。昏迷着的妈妈始终没有反应。过了好一会儿，妈妈闭着的

眼睛淌出了一滴眼泪。我以为妈妈醒了，再次摇晃妈妈的左胳膊，呼唤她："妈妈！妈妈！"

这时候，医生过来了。他们轻轻把我拉开，手忙脚乱地对妈妈进行了一番抢救。再后来，医生摇摇头，叹了口气，动手把妈妈身上的管子一样一样地撤掉。

我扑上去喊："不要拿掉啊，不要拿掉，救救妈妈！"

姑妈一把把我揽进怀里。我听见耳边充斥了哭声，大人哭起来真的很难听，很可怕。我没有哭，我挣脱姑妈，把医生推开，扑到妈妈身上。爸爸又把我拉了回去。爸爸也在哭，我从没有见过爸爸哭。

就这样，我成了一个没有妈妈的孩子。我没有勇气说出口：是我害死了妈妈。而妈妈至死都和我一起守着这个秘密。如果我没有逃学，妈妈就不会悄悄跟踪我；如果我没有上山，故意让妈妈追我，她就不会摔跤；如果她没有摔跤，她就不会卧床不起；如果她没有卧床不起，她身体的器官就不会衰竭，她就不会这么快离开我们……

妈妈走后，我每夜每夜凝神谛听窗外的声音。"在夜晚的寂静里，一个神秘的世界就开始活动了。"我想着妈妈的话，希望能在夜的气息里听见她的声音。妈妈也能听见我的忏悔吗？

过了很久，失去妈妈的悲伤渐渐淡去。可是生活再次

掀起了波澜。有天晚上，我听见爸爸给同事打电话，说起妈妈的去世，爸爸说："她去世前，有一边身体已经没有知觉了。"

我隔着房门听见爸爸的话，心里轰的一下，有坍塌的感觉——妈妈有一边身体没有知觉了？是哪一边？左边？还是右边？那我拉妈妈的左手，她能感觉到吗？

我想着这些，眼眶里充满了泪水。你或许无法理解，对我来说，我触摸的妈妈的一边身体是不是有知觉，有多重要。我多么希望妈妈在临走前，能够感觉到我，感觉到我的悔意，能带着我暖暖的爱去天堂啊！

这个问题像魔鬼一样纠缠着我，我原可以向爸爸问个清楚，可我却没有一丁点寻求答案的勇气，正如我没有胆量说出那个可耻的秘密。

我和爸爸之间，始终生分。越是生分，越是客气，越不会说出知心话。

就这样，我背负着秘密慢慢长大。

四

这就是那个关于"左边"的故事。十多年过去了，它依然像石头一样压在姬海蕊的心底。

　　"妈妈离开前流下了眼泪，说明她知道你在身边。哪怕她失去知觉的是左边的身体，她也能感觉到女儿的爱。"我这样安慰姬海蕊。我说的是实话。因为我真的相信，母爱可以超越肉体的感觉。它能深入灵魂。

　　姬海蕊沉默着。她低着头，看着地面。她兴许是听进了我的话。落地玻璃窗外，天已渐黑。第一颗星星升起来了，很快，会有更多的星星加入夜晚的行程。一个神秘的世界就要开始活动了……

　　你说你喜欢旅行，如果可能，你愿意背上行囊，去到天涯海角。其实，除了身体的旅行，还有另一种旅行——生命的旅行。只要生命存在着，旅行便实实在在地发生着。不同的是，用来行走的不是双腿，而是我们的心灵。

　　生命的旅行中，会发生电光石火的奇迹。即便最平淡的日常，也会有灵光闪现。只是需要偶尔停顿下来，还需要安静地沉思，然后，看看中途的风景。不管怎样，停顿和沉思，比不动脑筋、傻愣愣地奔来奔去有意思得多——

第七个故事
过街地道

一

这是一条过街地道，新修的，像一座桥，连接着延安路的两岸。

以前，延安路曾经是这个城市最宽阔的马路。后来，它又被拓宽了。两边的房子一夜间变成残垣断壁，在尘土飞扬中，一座气势宏伟的高架桥横空出世般地遮住了延安路上的天空。夜色降临的时候，高架桥的底部便亮起了好看的灯光，蓝幽幽的，神秘而华贵，绵延至无穷的远处。

再后来，这座过街地道开通了。地道修得精致豪华，绛红色的大理石地面，光可鉴人，配衬着欧洲庭院式壁灯。这里不是闹市区，无论白天夜晚，地道里总是行人寥寥。

过街地道的对面是一所重点中学。

二

天气忽然暴冷起来。

棉棉和妮挽着手从学校里出来，很自然地下了那粉红色地砖铺成的阶梯，拐进了过街地道。这几天，班上的同学都在议论，说是乱穿马路会被警察罚款，最丢人的是，可能会被晾在路边，让你挥着小红旗维持秩序，就像活人展览。班长黎佳还说，有一回，她在红灯时过马路，路中央站着个警察，开始，他熟视无睹，待你走到他跟前，他冲你指指身后，让你退回去重走一遍。黎佳当时脸就涨得通红，在众目睽睽之下重走了一趟。黎佳说，我宁愿罚钱，也不愿这么丢人。

棉棉和妮倒是一直规规矩矩地走路，不是因为别的，只是胆小，尤其是妮，每次过马路，即使紧紧拽住棉棉的手，还是被汽车喇叭吓得大呼小叫的。

一个月前，校门口修了这座地道。妮过马路的时候就放心了。有时，她和棉棉甚至故意在里面磨蹭一会儿，或者干脆站在地道的角落里说一些悄悄话。说不清她们两个

为什么这么喜欢走地道，那里固然安静，也很舒适，仿佛远离城市的喧嚣，但那毕竟是不见天日的地方，没有淡泊古朴的自然意蕴，只有照得见人影的砖墙。

放学后，她们又像往常一样，进到了地道里。妮的手里捏了花花绿绿的贺卡，都是同学或笔友寄的，她们喜欢寄信，哪怕天天见面，也要让那些漂亮的

贺卡，通过长长的邮路，经过邮差的手，送到她们的信箱里。其中未知的周折充满了浪漫情调和神秘气息。

新年临近了，棉棉和妮都收到了许多贺卡，不过，妮收到的比棉棉还多一张。她们一边在地道中慢慢地走，一边仔细地翻看手里的贺卡，琢磨上面写的贺词。

刚走几步，棉棉就拿妮取笑。妮的手上是一张俏皮的立体卡通贺卡，有趣的是，卡通人的脖子上都装着根很细小的弹簧，一碰就可笑地晃个不停。里面写着几行字：

> 你的笑是最美的依靠
>
> 就算这是一个迷人的圈套
>
> 再也管不住自己要往里跳

字是电脑打印的，下面也没有署名。

妮知道那是从范晓萱的歌里照搬过来的，脸还是腾地红了。她抬起头，看见棉棉正意味深长地盯着她。妮的红晕又烧到了脖颈。

棉棉说："老实交代，他是谁？"

妮说："我不知道，真的不知道。"

"瞎说，别装傻了。快告诉我，说呀，说呀。"

"真不知道，真的。"妮急了，就跳起来敲打棉棉的肩膀。

棉棉穿得厚厚的，打上去一点都不疼。可棉棉还是往前逃了。一个追，一个逃，清亮的笑声在地道四壁撞来撞去。

刚跑几步，棉棉就打了个趔趄。差点绊倒她的是一个白白圆圆的东西。

那是一只八成新的篮球。

那只篮球躺在角落里，看上去完好无损。棉棉赌气地轻轻踢了它一脚，球朝前滚了滚，被墙壁弹了回来，又在原地寂寞地打转。

"走吧！"棉棉说。

妮停在那儿，没有吱声，像在想心事。

"走吧！"棉棉催道。

"你说这球，怎么会在这儿呢？不像被人丢掉的呀。"妮像是在喃喃自语。

"你发什么傻。"棉棉不耐烦了。

"等等吧，也许有人会回来拿呢。"妮说，"这么好的球，要是给别人捡去，多可惜……"棉棉看了一眼妮，像是在看一个陌生人。她知道妮的心思比棉絮还绵软还细密，但总还不至于对一只不知道主人的篮球……

"这样吧。"妮说。

她从书包里抽出一张精致的信笺，用紫色的荧光笔在上面写了一行字：

在此地捡到篮球一只，请主人到模范中学初二
（2）班林妮处认领。

妮写完，细心地用双面胶将信笺端端正正地粘到了绛
红色的墙砖上，并且轻轻地用手按平。然后，她抱起篮球，
和棉棉一起走出了地道。

那张信笺有着淡紫色的花纹，看上去，和墙砖的颜色
很协调。

棉棉说："妮，你真傻。"

三

延安路北边的一溜房子都是中华人民共和国成立初期
造的，和边上有着玻璃幕墙的大楼比起来，便显得有些寒酸。
它们是延安路拓宽工程的"幸存者"，如今都重新粉刷了外
墙，褐色的檐，米黄色的墙，乍看，像欧洲中世纪的建筑。

宣的家在三楼，木楼梯拐角上小小的一间。窗口也是
小小的。平日里宣的日子很单调，就像延安路上的车流，
天天是相同的喧闹的景致。每天，爸爸去上班，宣就久久
地趴在窗沿上，望着楼下出神。他看着延安路的高架桥打

下第一根桩，又看着过街地道以惊人的速度开工和竣工。他最爱看的，还是窗户底下走着的各式各样的人，尤其是那些上学放学的大大小小的孩子。

宣没有手，从出生起就没有手，左肩那儿的袖管空空荡荡的，右手到手腕那儿，就什么也没有了，好像一截肉做的棒槌。宣不记得母亲的样子，爸爸不提，宣也不提。宣念完初中，没能考上高中，像他这样的人，职业学校又不收。于是，宣只好在家里磨着。爸爸早就下岗了，现在给人看门房，二十四小时，每月不过几百元的收入。

其实，宣的"手"像健全人一样有用。他能用"右手"夹着毛笔写字，能洗衣服，还能系鞋带。但这似乎并没有用，宣还是常常望着楼下的车流发愁。说不清为什么。

宣的窗口正对着过街地道，他发现，很少有人从地道里过马路，许多人都偷懒，趁没有警察，老鼠过街似的跑到对面去，哪怕是那些臃肿的老阿姨，跑步的姿势像鹅，摇摇摆摆，面对川流不息的车辆，也毫不惧怕。

到了放学时间，宣的窗下总会喧闹起来，这是一天中宣觉得最生动的时段。宣趴在窗口看，像看电影。走过的学生有的行色匆匆，有的则且说且走，有的手捧着漫画书痴迷地看，直看得脑袋差点磕到电线杆……那一阵，正流行《灌篮高手》，连女生都迷上了打篮球。宣也看《灌篮高

手》，一集不落，但那是背着爸爸的。以前上学的时候，宣只踢过足球，像篮球那种需要手的运动，宣都是回避的。

那天，宣经过地道，见一群十三四岁的男孩在里面踢球。地道很宽敞，加上行人少，当足球场倒还凑合。那群男孩颇有一些喊喊杀杀、冲锋陷阵的样子。可笑的是，他们用来充当足球的，却是一只八成新的篮球。

宣把手臂插在口袋里，歪着脑袋安静地看了一会儿。穿过地道的风将他空空的袖管吹得旗帜一般猎猎抖动。

一定是他脸上似笑非笑不屑的表情惹恼了那些"队员"。初中的时候，宣是出色的中锋，是足球场上的骏马。只有和足球为伍，宣才真正觉得自己和别人没什么两样。好久没踢球了。他看着篮球在这些男孩的脚尖幼稚地挪来挪去，他们的球技在他眼里就像小孩子的把戏。

后来，男孩中的一个高个子站了出来。他冲宣挥了挥拳头："笑什么？有什么好笑的！"

宣收了笑，说："我也想踢。"

"高个子"朝他空荡荡的袖管瞅了一眼："你，行吗？"

"打个赌吧，假如我一脚射进门，篮球就归我。"宣的嘴角挂着一丝狡黠的笑。他太想要那只篮球了。他想起模范中学里宽阔的篮球场，他可以在学生放学后去那里偷偷地练。他想象把篮球夹在怀里的感觉，光滑的，冰凉的，他相信他右手手腕那儿的触觉并不会比别人的手指差。

"赌吧，赌吧！"旁边的男孩起哄道。

"高个子"晃了下长长的头发，一只手提溜起脚下的篮球，篮球在他右手的食指尖上优美地转了几个圈。这个动作像是在向宣示威，又仿佛带有轻微的侮辱。球滚到了宣的脚边。

一个瘦小的男孩在地道的入口处叉开双腿，在他的两腿间形成一个"球门"。

宣深深地吸了口气，退后几步，然后飞起一脚。球在空中画过一道白色的弧线，直射"球门"。就在球穿裆而过的一刹那，瘦小的男孩"哎哟"一声跌坐在地上。

宣冲"高个子"仰起头。

"高个子"耸了耸肩，做出无可奈何的样子。他指了指还在角落里打转的篮球，对宣说："归你了。"

宣弯下身去，蹲在地上。就在他吃力地用没有手掌的"右

手"把球挪到膝盖上，试着站起来的时候，一只脚猝不及防地将球从宣的身上踢了出去……

"哇喔——"宣的身后掀起一阵哄笑。球被墙壁弹了回来，撞在宣的身上。但宣没有再去捡它。从小，宣就从潜意识里回避任何暴露缺陷的行为，说是自卑也好，敏感也好。宣明白，自己和别的孩子是有那么多的不一样。

男孩们没有再去搭理宣，他们玩了一场闹剧，现在兴味索然。他们一哄而散。撂下的那只篮球，寂寞地躺在地道的角落。它本来就是捡来的，丢了也无妨。

宣默默地站了一会儿，也没有去捡那只被丢弃的篮球，尽管他仍然很想要。

有一两个行人从地道里走过，他们看了一眼宣，也看见了那只篮球。他们没有注意到宣空荡荡的袖管以及那只肉棒槌一样的"右手"。

宣又站了一会儿，终于没有鼓起勇气去捡那只篮球，捡拾它的艰难会让他回想起刚才的耻辱，况且，若是爸爸知道了篮球的由来，也会……

宣离开地道，走上了地面，灼亮的阳光几乎晃了他的眼。他回了小屋，心里还牵挂着那只没有主人的篮球。

傍晚的时候，电视里又在放《灌篮高手》，流川枫真的好神气啊！

四

第二天上学，妮和棉棉挽着手经过地道。

那张招领启事还在，只是不知被谁撕去了一个小小的角。荧光笔的颜色依然很鲜艳。

"傻妮，"棉棉说，"没人会来领的，趁早把启事撕了吧。"

妮不说话。妮总没理由地觉着那只篮球应该是有主人的。棉棉还缠着妮交代那张贺卡的事。妮很冤枉，她真的不知道那个抄袭范晓萱歌词的人是谁。

这两天，班里因为贺卡爆出了好多新闻。据说，教物理的边老师的信箱差点被贺卡撑破。边老师刚刚大学毕业，帅得像日本影视明星竹野内丰。开学第一天，边老师来上课，三分之二的女生喜欢得一惊一乍的。她们像追星一样地搜集有关边老师的资料，远至祖籍，近至是否有现任女友。自从他任这个班的物理老师以来，同学们学习物理的兴趣空前高涨，尤其是女生，原先枯燥无味的力学公式、牛顿定理忽然间变得乐趣无穷起来。

但是最近，大家普遍感到很失落。传出内部消息，说边老师来这所中学只是过渡的，他已经向学校递交了辞职报告，应聘到一家外企了。这可能也是边老师的信箱里贺

卡泛滥的原因之一。

"你给边老师送贺卡了吗？"棉棉推推妮。还没等妮回答，棉棉就有些懊悔，便把话题扯到了别的地方。

边老师的信箱里自然有一份棉棉的祝福。不过，女孩子嘛，哪怕再亲密无间，都会有意无意小心翼翼地维持一层什么东西。尽管不挑破，但彼此之间心知肚明。

两个女孩牵着手，沿着地道的楼梯走上地面。妮还是回头望了一眼那张淡雅的启事，四周车水马龙的喧嚣一下子浮了上来。

她们一点都没有注意到路边的窗口里，有一双深深的有点忧郁的眼睛。

五

从昨天晚上开始，宣就牵挂着那只篮球。不知道它会被谁捡去，或者永远地待在地道里，被风吹，被灰尘舔蚀，然后一点一点老化、裂缝。

宣闭着眼睛，想象自己在夕阳下的篮球场上，潇洒地运球、上篮、投篮……他只有肉棒槌一样的"右手"，他不知道自己"一边倒"的身体能不能在运动的时候保持平衡。尽管如此，篮球对他来说，仍旧充满诱惑力。

宣按捺不住了。

第二天一大早，宣就冲下楼去。不再顾及昨天的耻辱，也不再顾念爸爸的责备，他要拥有那只篮球，马上！

过街地道里氤氲着淡淡的雾气，凉丝丝的，城市刚刚醒过来，从夜的沉寂和萧条里面缓缓地醒过来。

宣没有找到那只篮球，只看到了那张淡紫色的信笺，上面的字娟秀小巧，是女孩子的字迹。不知怎的，宣的心里就有些暖，他在淡紫色的信笺前面磨蹭了一会儿，仍是拿不定主意，不知道该不该去找那个叫林妮的女孩子。

宣转过身，往回跑，一边还回头看，那张淡淡的信笺在绛红色的墙砖映衬下，仿佛一朵朝露中的清雅百合。

宣离开不到一个小时，妮和棉棉就走进了地道。

六

宣终于没有去要那只篮球。长这么大，他还没有主动和女孩说过话。他无法想象自己能有勇气在一个陌生的女孩面前，用没有手掌的独臂去接过它。然后，再说上一句感谢的话。倘若女孩再追问怎么把球丢的，他怎么说……

妮又等了一天，始终没有失主来找她。于是，她也怀疑，这也许真的是一只没有主人的篮球。于是，棉棉又有了笑

话妮的话柄。

放学了，妮和棉棉夹在人流中，出了学校，像往常一样，穿过过街地道走到延安路的对面去。妮的手里抱着那只篮球，她打算把它带回家，给邻居的小孩玩，毕竟这是一只真正的篮球啊！

两个女孩出了地道，走到了宣的房子下面。妮手里的篮球很显眼，走过来的人都要朝她不经意地望一眼。

这时候，宣正趴在窗台上出神。

于是，那只白色的篮球就突兀地出现在宣的视线里：于是，宣就看见了抱着球的清秀的妮。

妮和棉棉小声地说着话，在宣的窗下缓步而行。宣在窗口看着，脸竟腾地红了。他能清楚地看见妮的细软的头发被昏黄的阳光照着，泛出珍珠般的光泽，妮的眼睛似乎被光线炫了眼，迷迷蒙蒙地微眯着。

宣猜，那个女孩就是林妮吧。他不知道边上的女孩是谁。妮和棉棉慢慢地走远，渐渐消失在路口。

宣看着那幅清纯的风景一点一点淡去，心里悄然生出了一分不舍，一分安慰。

没有去讨还那只篮球，宣一点都不后悔，真的，一点都不。

　　每个少年都爱幻想，因为幻想中有希望。每个少年也多烦恼和忧愁，因为坚信自己应该得到应有的幸福，然而周遭的现实却与幻想格格不入；当然，更因为成长的血液里澎湃着不甘、冲撞和拧巴。

　　希望有时会欺骗你，当意识到被希望所欺，怨悔便如影随形。可是，哪怕现实是冰冷的墙，即便面临撞得头破血流的危险，也要有试一试的勇气。这便是成长。人的成长，大约就是经历了一个个错误和纠结后，才真正达成的吧！

第八个故事
出逃

一

这个时候，米籽是站在舞台的最后面的。在合唱队里，这个位置最不显眼也最隐秘，米籽眼皮底下的那些黑发被简陋的舞台灯光照得油亮而且眩目，那些脑袋随着节奏摆动着，像一群排着横队的小鸭子。米籽感到有些好笑。

班主任萧在观众席上神情紧张地盯着他们，为了在这次全校的文艺会演中得奖，萧已经放弃了几十个和独生女儿团聚的夜晚，她的神经像悬在钢丝上的小人，为她的班级能出奇制胜殚精竭虑。米籽觉得萧也很可笑。

而此刻，米籽就像个局外人那样站着，嗓子那儿痒痒的，她听见四周环绕的旋律竟是那样的刻意和矫情，那些音符犹疑着从正发育着的嗓子里挤出来，带着一丝丝的惊吓和羞怯。他们这样唱着，不是为了自己，而是为了班主任萧，为了那种让米籽瞧不起的东西。米籽就是在此刻冒出恶作剧的念头的。那个念头像个出其不意的魔鬼，潜入米籽的心里，然后它就膨胀开来，甚至不及米籽思考。一个怪而尖的跑调的声音便从舞台的最后猝不及防地游出来，那声音像在玻璃上划痕那样刺耳和惊心，又如裂帛那样令空气

颤抖。台下的观众顿时神色大变，罗老师甚至差点厥倒。

初三（1）班的合唱泡汤了，这一点已不言自明。

其实，米籽在发出怪声的那一刻已经后悔了。她不明白，为什么这一阵自己的行为总是不能配合大脑，它们像两个不相干的甚至怀有敌意的小人儿，常常打架。

会演结束时，米籽逃也似的第一个溜出礼堂。她感觉后背正吸附着罗老师气急败坏的目光，那目光追着她，恨不得撕碎她的衣服。

米籽逃，必须逃得远远的。

她的同学们涌了出来，米籽能感觉到背后那些幸灾乐祸的指指戳戳。他们议论着刚才那出其不意的一幕，甚至带了无法掩饰的快感和满足。米籽明白，从初一到现在，她从来都不被认为是个好女孩，她被隔离于一个正常的圈子之外，做着充满了叛逆的梦。但是米籽悠然自得，尽管有时会有那么一丝失落。

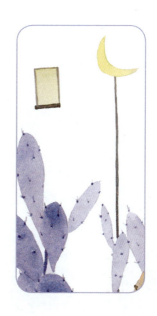

这个地方不是属于她的，米籽觉得。米籽想起，自家屋后的那个自制的秋千。两年前，她央求

爸爸用做木工余下的木板，在两头拴上两根粗麻绳悬在大槐树上，这便是秋千了。米籽踩上木板，弓着身子，试图让秋千荡起来，却怎样也荡不高。米籽有些恼，觉得这脚下的秋千就像她圆不了的梦，活像一只粗笨的鸟。

米籽并不明了自己究竟要什么，她只感觉自己的心自己的身体都和这个闭塞的墨守成规的地方格格不入。米籽看见，在酗酒的爸爸通红的眼睛里，在妈妈逆来顺受的疲惫的叹息里，他们的生命正在一点一点地耗尽。想到这个，米籽就忍不住想哭。

米籽逃进了家门。是的，她闯了祸，罗老师饶不了她的。

爸爸红着脸坐在桌边，桌上的酒瓶空了，空气里散发着劣质酒刺鼻的酒精味。妈妈窝在墙角哭，她的腿边是一只被摔歪的破凳子。米籽听来，妈妈的哭声就像丧钟，让空气中沮丧和绝望的成分迅速发酵和稠厚。米籽没有像往常那样去安慰妈妈，而是摔门进了自己的屋子，门把妈妈的哭声撞了回去。

"我的命怎么这么苦哟——"妈拖长了声调哭。

米籽烦，烦得很。明天，罗老师一定会找她，说心里话，米籽完全能想象自己的行为给罗老师造成的伤害，可是，她不会涎着脸说自己如何如何后悔，那样做的话就不是她米籽了。

妈妈还在哭，接着，又听见玻璃的脆响——爸爸将酒瓶砸在了墙上。

米籽的心猛地一颤。出走吧？米籽被突然冒出来的念头吓了一跳，但那萌芽的念头并没有给吓回去，反倒不可遏止地疯长起来。

走吧！走吧！出走是需要勇气的，米籽的勇气其实早就开始酝酿了。现在，她终于等到了合适的契机。

不知怎的就来了动力，而且它是那样强烈和不可阻挡，米籽从床上翻身跃起，找出纸和笔。米籽在纸上写道：

爸爸、妈妈：

　　我决定离开这个地方，没有人可以阻止我，我想去寻找一种我喜欢的生活。你们还在争吵，我不想打扰你们，但我真的好希望你们别再吵了。

　　我在学校闯了点祸，别担心，不是大的过错。相信我，我不是坏女孩。

　　在外面，我会照顾好自己。必要的时候，我会与你们联系的。

信短得不能再短，写完最后一个字，米籽才恍悟，这回，她确实是当真了。她要走出这个家、这个让人窒息的地方。

这天晚上，米籽若无其事地和父母哥哥一起吃晚饭，她对自己的打算只字未提。

吃完饭，妈妈说："米籽早点睡吧。"她已经不哭了，麻木的生活让妈妈随时都能忘记伤心。

米籽应了一声就关上了门。

这一夜特别漫长。

昏暗的白炽灯光下，米籽对照着备忘录收拾该带走的行李，她的心情异乎寻常的冷静。除了带上日常生活用品外，她还往包里塞进了一本三毛的《撒哈拉沙漠》，三毛是米籽的偶像，她向往三毛行云野鹤般的生活和她的奔放个性。米籽还带上了她的小学毕业证书——这是她唯一的文凭以及还未上交的 150 元学费，这就是米籽出走的全部家当了。

夜半，米籽被体内蛰伏的某种东西蓦然惊醒，爸爸和哥此起彼伏的鼾声穿墙而过，静夜里仿佛潜藏着无数不安分的闪烁的眼睛。米籽在温暖的被窝里打着寒战，心里一边为未知的明天激动，一边却又嘲笑着自己孩子气的激动。

五更天时，米籽再一次惊醒。她摸索着起床，背上了她的牛仔包。在她小心地将诀别信从父母的门缝里塞进去的时候，她的心紧张得几乎碎裂。

米籽掩上门，以百米冲刺的速度逃到了空无一人的街上。星星还睡着，街道还睡着，这地方的人还睡着。他们醒着的时候和睡着也无甚大的差别，米籽被自己的想法激动了一下。现在，她就要走了，就在走的一刻，米籽心里却有点起毛，因为此刻的心情与她原先想象的有一点不同，她原以为憧憬了三年的流浪生涯一旦迈步便将如"壮士一去不复返"般的慷慨，可真的将梦想兑换成现实的最后关头，却发现自己仍在做种种挣扎。

米籽将头往后仰起，她的头发触到了自己的背脊，痒痒的。她轻轻地笑了一下，少女常常是这么笑的吧，纯得像阳光下闪耀的玻璃。米籽笑自己的犹豫，她有力地迈步，想把所有的怯懦抛在脑后。

一辆三轮车从雾色里驶过来，米籽果断地冲车夫招招手。她轻松地跳了上去，用好听的声音对他说："去火车站。"

二

出逃是没有目标的，唯有离开才是真正的内容。米籽懵懵懂懂地随着候车的人上了开往省城的列车。几乎所有人的目光都在她身上逗留一会儿，夹杂着怀疑和猜测。米籽在上车的最后一刻，回头望了望昏暗中的车站，心底模糊地滑过一个声音：就这样走了吗？外面的世界你知道多少？而你的能力又有多大？

这声音有些陌生，颤颤地响起，即刻又随风飘散。

车动了起来，窗外的景色逐渐明朗。米籽却闭上眼睛，耳边响起那首忘了歌名的歌词：别找我，在寻人启事中，我已经迷失了自我……

三

一个大学生模样的女孩一直盯着她看，看了十分钟后，她终于忍不住问米籽怎么会一个人坐火车。

米籽犹豫了一下，马上说家里穷，母亲又病了，她必须去省城找份工作赚钱养家。米籽话到嘴边就有些后悔，在开口说话的一刹那，米籽并不想胡扯，没想到说出来竟

成了谎话。她原来设想会在大学生那里找到共鸣，大学生会同情她，毫不犹豫地支持她。

大学生同情地望着她，很善良地说，到省城她可以为米籽提供帮助。至少，她可以带她去职业介绍所。在这个穷地方，常有人出外打工，见怪不怪。

一路上，米籽和大学生聊得很投机，她暂时忘了出走带来的种种忐忑和焦灼。大学生穿着件格子外套，棉制的，胸前的纽扣敞开着，露出里面黑色的毛衣。米籽喜欢那份随意和自然，她看了看自己身上大红色的尼龙棉衣，不好意思地笑笑。

快近中午的时候，列车到站了。米籽跟着大学生出了站，坐上了一辆中巴。大学生热情地替她买了票，下车后领着她七拐八弯地找到了一家职业介绍所。她在那里为米籽求得了一份糖果厂的工作，不管怎样，这份工作比当保姆强得多。说是马上就可去上班。

待一切停当下来，大学生才拍拍米籽的肩，说该走了。

米籽感激地冲她笑笑，目送她的身影消失在视线里。等缓过神来，米籽才想起忘了问大学生的名字了。这时候，"萍水相逢"四个字不知怎的就凸现出来，米籽咬了咬牙，对自己说，留下来吧，就在这陌生的城市，反正自己也一无所有。

四

就这样去了那家糖果厂，出走的当初，米籽未曾想到会是这样的情景。糖果厂坐落在郊区一条僻静巷子的尽头，一溜简易平房映衬着苍茫的天，这就算是厂房了，对面就是职工宿舍，一样的平房，只是更显寒碜，没安玻璃的窗户上以破麻袋挡风，屋子中央摆着十多张双层床，地上遍布斑驳的水泥和石灰，空间里壅塞着潮湿抹布和烟熏气混杂的味道。

老板娘是个干瘦的南方女人，说着米籽不太懂的方言。

她伸手要走了米籽的小学毕业证和30元钱做抵押。她对米籽说话的时候，脸挨得很近，那张脸就在米籽眼里变了形，好像铜汤勺反面照出来的脸，两头小中间大，古怪得可笑。

米籽憋着气息听她说完了话，就跟着老板娘走进了厂房，边走边提醒自己：别被吓倒，一切刚开头，我可不是出来享福的。

原来所谓的糖果厂不过是间制糖

的半手工半机械作坊而已，干活的工人大半是和米籽差不多大的女孩，最小的甚至挂着两行清涕。她们默然地低头干活，仿佛并不知晓米籽的加入。

米籽开始在身边阿婶的帮助下学习用那些花花绿绿的玻璃纸包糖果。阿婶说，这儿的工钱是论斤计的，糖果包完后过秤，每斤7分钱。包得最快的是坐在米籽对面的13岁女孩小美，她每月可赚1000多块。米籽抬眼看了看小美，她细小的手上如彩蝶翻飞，那简直不是人的手，就像被编好了程序的机器人的手。

米籽内心正被一种莫名的新鲜感和跃跃欲试的勇气包裹着，她暗暗给自己定下目标——尽快在速度上超过小美。

时间拖沓着向前，重复着同一个动作，米籽的手指几近僵硬，收工的时候已经是夜里十点半了。

她和大家打着哈欠走回宿舍。宿舍里黑暗着，没有灯，借着月光可以隐约照见那些疲惫的但很青春的脸，那些脸睡意倦怠，像一张被水洇过的宣纸。不知怎的就亮了灯，原来刚才是停电了，但依然是幽暗的，照得人影影绰绰。大家已没有闲心聊天，有的干脆洗都不洗就倒在床上，不一会儿就发出了沉重的鼻息声。

米籽找到了自己的上铺，爬上去，床架凉得像块冰。幸好盖的还是棉被，底下垫的却是厚纸板，把身体缩进冰

窟窿似的被子，米籽觉着自己的脚也成了冰坨。

灯熄了。风从窗缝里漏进来，唱着古怪而诡异的调子。米籽累极困极，睡意一阵一阵地压上来，她又拼了命地将它推回去。不能就这样睡着啊，米籽知道还有那么多沉甸甸的心事醒着，等着她去想。它们吵嚷着，不让她就此睡去。她担心着那个逃离的家是否正因她而乱作一团，还有她的那个学校，她的出走会是一个颇具冲击力的爆炸新闻。不知怎的就听见了妈妈拖长了音的哭声，那声音仿佛离得很近，还伸出一只无形的手来紧拽米籽的心……

五

好像是只睡了一会儿，米籽就被监工的哨子声惊醒了。天还蒙蒙亮，一看表，五点都不到。大家都不作声，静静地穿衣起床，就像一些拧好了发条定了时的玩偶。现在，米籽也成了这样的玩偶。

米籽跟着小美去厂房后边的小河洗漱。她问小美上过学没有。

小美说上到小学毕业就来这里上班了。

"还想念学校吗？"

小美摇头。

"在这里干很苦的，你怎么会来的，是你家里人让你来的？"

"不，我自己要来的。"

小美侧脸看了米籽一眼，疑惑的样子。看完，就不问了。

河水冷得刺骨，风刮在脸上更是冰冽的。米籽撩起一捧水来洗脸，浑身一激灵。河上映着泛出鱼肚白的天空，还有附近工厂烟囱和厂房的倒影，这陌生的一切忽然让米籽意识到，此刻她面临的是一种完全不同的突兀的生活，不同于她在家的每一天，不同于她原先的想象。

而这一切真切得近乎残酷。

她们又坐回到那张沾满糖浆的黏糊的长桌旁继续工作，隔壁车间里响起了制糖机器的轰鸣声。大约过了七点半，监工才来叫大家去吃早饭。

早饭是粥和白馒头。米籽的胃口很好，吃着吃着，脑中依稀晃过外国电影里一群孤儿在修道院里进食的场景，幽白的灯光、光秃的长木桌……这一切是如此相似，充满了暧昧冷峻的气氛。

这一天，米籽的干劲挺大，她告诫自己必须尽快接受、熟悉这种生活。我出来是为了什么，米籽答不清楚。但是哪怕目的不明，出走本身对米籽就充满了令她战栗的诱惑。

一天下来，米籽包了七十多斤糖果。这个时候，米籽

已经将出门前的浪漫想法置之脑后。她边重复着机械动作边盘算着先在这个简陋的地方赚够钱，然后再另做打算。

　　既来之，则安之。我不会白出走这一回的。米籽对自己说。

六

　　这天傍晚，老板娘又领来了一个女孩，叫和平。和平是安徽人，是正儿八经地从家乡跑出来打工的。和平就坐在米籽边上包糖果。

　　和平有着一张过于丰润的脸，皮肤薄得像糯米纸。她胖胖的笨拙的手在米籽眼前一晃一晃。监工把堆成小山的糖果推到和平面前，米籽看见和平的胖手哆嗦了一下。也许因为都是初来乍到，米籽对和平有一份天然的亲近，她主动和和平搭话："没事，我是昨天才来的。刚开始手也笨，这不今天就好多了。对了，你多大了？"

　　"十五了。"和平别扭地给手上的一粒糖果穿上衣服，过了两秒钟才回答她。

　　"那我们一样大。"米籽说。

　　"你干吗出来打工？"和平好奇地盯了米籽一眼。

　　"我是逃出来的。"

"瞎说。"和平看也没看她，明摆着不信。

收了工，米籽熟门熟路地带和平回宿舍。和平一进屋就傻眼了，嘴上虽不说，表情却是充满了抱怨。一直到上床睡觉，和平都一语不发。说实话，米籽有些看不起和平，既然是出来打工的，就得吃得起苦。可是虽这么想，和平的眼泪多少还是影响了米籽。和平说："在这种破地方，什么时候能熬出头啊。"

米籽不作声。她想，我出来可不是为了流泪的。她躺在床上数着天花板上的洞眼，听着隐约传来的和平克制的呜咽声，米籽竟感到一种莫名的振作：当一个无助的人看到有人比她更无助时，她的心里多少会有些安慰吧。

什么时候能熬出头呢？和平嗫嚅道，又像是在梦呓。那句话又针锥似的扎了一下米籽的希望，她忽地从昂扬的斗志的顶峰跌落下来，心也空落了一般。

是的，在这个年龄，米籽连自己都不知道自己是怎么回事。

七

元宵节的晚上，厂里破例放了假。这是米籽出走的第四天。

米籽、和平，还有小美结伴去街上玩。从那条又窄又长的巷子里走出来，是一个露天剧场，好些人围在那里看电影。放的是台湾片子《妈妈再爱我一次》。

这部片子米籽看过一遍了。那一次是学校包场，在一个简陋的电影院里看的。电影挺感人，有几次，米籽的鼻子一阵阵地发酸。就在她即将流下泪的时候，她听见了四周此起彼伏的抽泣声，有一个声音突兀着，甚至到了悲恸欲绝的地步。米籽就把自己的眼泪收了回去，心想，至于这样吗？她甚至觉得那些哭泣的人有些可笑。这么想着，她的嘴角就挂着一丝笑，甚至要笑出声来了。

而这一次，米籽是和她打工的姐妹一起在街头驻足观望。她们刚刚唱了几首流行歌曲，唱得嗓子痒痒的，唱得情绪激动。现在，她们不约而同地停下来，被那部苦情的电影吸引了。

米籽静静地站在那里，这一次，她竟被剧情抛至了伤感的谷底。她终于放纵了自己的脆弱，抛弃了难为情，抛弃了虚幻的好强。她躲开和平和小美，在人群的一角流下了伤心的泪。长这么大，这是她第一次泣不成声，像一个无助的婴儿。

影片中唱：没妈的孩子像根草，米籽在心里唱：流浪的孩子像根草。难道是我错了？可是米籽无法让自己认错。

因为她缺少一个回头的理由，没有一个可以让她下的台阶。

电影散场了，三个人默默地往回走。米籽看见她们两个的眼里也含着莹莹的泪光。米籽记起，书里说，女孩的心里是储满了水的，一旦心受伤了，就会流下那珍珠的泪。这样的泪水很珍贵，可是这些泪为谁而流？为自己吗？很多事情是自己一手造就的啊。

在月色里，听见小美喃喃道："我真想回去上学。"

米籽心一紧。光秃的树的枝干从头顶伸过来，把圆月割成了数瓣，透着夜的凄凉。米籽的眼前浮起了家里那盏温暖的灯，她看见白瓷碗里漂浮着的白白嫩嫩的元宵，妈妈又往米籽的碗里添了几个，爸爸抿了口白酒，脸上是满足的表情，这时候，门外爆竹声声，开门出去，便见一地碎红……这是去年的元宵节。

八

不出两天，厂里就发生了一件事，这件事对姐妹们的触动不小。

从前一天晚上开始，小美就没了踪影，直到翌日早上还没有出现。据说，小美向老板娘辞了工，说是要回家念

书去，不干了。

一整天，大家都在议论小美的事，有说可惜的，也有的说就该这样，哪能这么小就出来做工？米籽听着大家七嘴八舌，没吱声，心里却不平静。

这夜，米籽辗转反侧，想着小美的事，总觉得这事和自己切身相关。

第二天一大早，小美又出现了，她被父母送了回来。路过食堂的时候，米籽听见小美的父母大声对老板娘说："读书，读书有什么用，一个大学生赚的钱还不如咱家小美多呢！"

开工的时候，小美在米籽对面坐着，依旧是手脚利索，可她的小脸惨白着，一天无话。米籽同情地望着她，不禁想到自己，我何尝没有藐视过文凭，藐视过读书呢？小美是想读书却受迫于父母而不能，我是能读书却可笑地做着反叛的梦，宁愿逃离父母逃离学校在外无谓地流浪……

米籽笑自己是天下第一号大傻瓜。晚上，她在入睡前趴在枕头上给家里写信。她觉得自己正浮在那些此起彼伏的气息上，那是一些与她同龄却远没有她幸运的女孩。她们已经沉入梦乡，她们的明天会和今晚一样苍白。米籽写着信，一如出走前写诀别信那样冷静。一直不肯低头认错的她没有在信里说半个"悔"字，她只是像个远行的孩子

那样报着平安。不过，她没忘了在信封上留下这儿的详细地址。

<h1 style="text-align:center">九</h1>

将信投入邮筒的那一刻起，米籽就有了期盼。她隐瞒了她的期盼，一旦她说出来，就意味着选择了投降，这便不是米籽了。

但从这天起，米籽就有了意气风发的样子。米籽在期待什么，她也说不清，或者说，她是不愿说清的。

那天早晨，米籽起床后像往常那样去河边洗漱，河水带了春天的气息，已不是彻骨的冰凉。她将脸埋在毛巾里，嗅到了青草的清香。一抬头，便看见晨光中的河边那张灿烂的笑容——哥哥就在她的身后微笑地望着她——这是她10天里第一次见到那么灿烂的笑脸。

几乎是什么话也没有说，米籽回屋收拾了东西就跟着哥哥往外走，走出老远，听见和平在门口叫："米籽，你的饭盒！"

米籽回头，很欢快地朝她喊："不要了！"这时候，米籽已经忘了她做抵押的小学毕业证，忘了押金，忘了该得的工钱，也忘了前几天结识的小美和和平，她拽着哥哥的

衣袖走出了那家糖果厂，连头都没回一下。她还怕什么呢？现在，她不怕父母的责骂，不怕罗老师，不怕……有时候自己才是可怕的，米籽想。

这一天，恰好是米籽的 16 岁生日，是她在外流浪的第10 天。

十

你也许想知道米籽以后的故事。其实，那段流浪经历是米籽后来告诉我的。米籽对我说她的故事的时候，已经是个行将毕业的大学生了。那天晚上，我们围炉吃着火锅，就聊起了这个话题。米籽是从北京来的，她打算将来在上海工作，她对这个现代化的都市满怀憧憬，于是毛遂自荐地来我们杂志社实习，我是她的老师，我们相处得像姐妹。

记得那晚，米籽还意味深长地说了一句话：很佩服自己又读了那么多年的书。我说："少年时，我们无论做过什么，那都是值得珍藏的记忆，回首过往，你还能相信自己还是当年那个出逃过的少女吗？"

那夜的炉火很旺，我和米籽都觉得很温暖。

你告诉我，你喜欢读《小王子》。我也爱。

我读《小王子》，难以忘怀的是它的单纯、深刻和前瞻性。小王子独居荒漠，尝尽了孤独之苦。他发现，人的情谊和互相交流才是人生的根本；人与人的共同回忆，并肩度过的患难时刻，坦诚的心声交流，才是人生的宝藏。

可是，遗憾的是，当我们懂得这点，却往往为时太晚——

第九个故事

致远

一

中学毕业 15 周年聚会，来了很多人，但致远没有来。他是主刀医生，刚刚接到一台急诊手术，脱不开身。谁都没想到，两个星期后，我们就一起参加了致远的葬礼。在葬礼上，我见到了很多多年未见的面孔，前所未有地齐整。即便没有参加毕业聚会的，也都来了。致远穿着黑色的西服套装，躺在百合花丛中，面孔一如活着时那样清爽俊朗。

谁都不会想到致远会这样离去，这么早，这么猝然。即便面对致远冰冷的遗体，我们仍旧是满心的不可思议、难以置信。我甚至不敢凝视他的脸，那张脸应该会绽放出灿烂的笑容吧，可那张脸，现在却充满了某种不真实的透明感，让你惶惑不安，无法靠近。

他是去北方出差回来后倒下的。起初只是平常的感冒发烧，在家里休息、睡觉。他在睡梦中永远地离去，没有一丝征兆。待妻子下班回家发现唤不醒他时，他的身体已经冰凉。

失去亲朋的痛苦，我并不是第一次品尝。但致远戛然而止的生命，却让我感到了不同寻常的痛苦。因为，致远

的人生，本来就比别人多了一些不寻常的悲戚。而我和致远之间，曾经有过若有若无的往昔。

二

从初中到高中，我和致远都在同一所学校，但不在同一个班级。上初二时，致远蹿了个子，鹤立鸡群一般，他的理科和英语成绩也出类拔萃起来。他戴黑框眼镜，穿磨白的牛仔衣裤，以不苟言笑显示少年老成，当然，还有偶尔的离经叛道。他认识我，我也认识他，但我们从来没有说过话。

我听说过关于致远的一个段子。致远的班主任出了名地严厉，她班里的学生在她面前都心惊胆战。有一次，正当她义正词严地对全班作训导时，忽然发现坐在教室后面的致远埋首课桌，不知在捣鼓什么。班主任叫了两遍致远的名字，他都置若罔闻。无奈，班主任径自走到致远跟前，站定，令其站起。致远慢悠悠地站起来，如梦方醒，手里举着一支钢笔。

班主任："你没有听见我在叫你吗？"

致远："我的钢笔……"

班主任："钢笔怎么了？"

致远：“钢笔的头——歪了。”

底下哄堂大笑——致远的班主任走路、说话都习惯歪着头。学生们私底下悄悄给她起了一个绰号——"歪头"。

班主任强忍愠怒，不好发作。致远的言行并不见得有多高明，却因此赢得了更多的好人缘。这个段子，就这么在年级里流传开来。

我们的认识源于初二时的一次英语朗读比赛。我和致远是各自班里派出的选手，比赛前，英语老师把我们集中起来临阵磨枪。我和致远选读的是同一篇文章，叫作《The click of the rails》。致远正在变声，原先单薄的声音有了一点男中音的浑厚。他反复念"click"的时候，舌齿间有轻微的不易察觉的咝咝声，听起来，倒真有些在铁轨边身临其境的逼真感。我的座位临窗，窗边有杨柳婆娑，那咝咝的声音，悄悄隐没在一片绿影里。

有一次，练习完毕，我们一起从学校回家。致远骑自行车，他不好意思甩下我走掉，就空踩着踏板，放慢速度跟在我旁边，有一搭没一搭地说话。这是我们第一次交谈，说得并不多。我知道了他妈妈是外科医生，他将来也想学医。致远的志向并没有引起我的共鸣。我一直觉得医院是个收纳病痛死亡的所在，心里对学医是惧怕的。什么都可以学，唯独不可以学医。和致远分手后，我一个人走回家时，这

么对自己说。

　　尽管有了第一次交谈，但我和致远并没有因此熟稔起来。可能是因为少男少女固有的矜持和羞涩，以后再次遇见，彼此也只是点点头，抑或微微牵动嘴角，来不及挤出明确的笑容就擦身而过。至于那种朦朦胧胧的好感，是一点都谈不上的。

　　到了高中，我们仍然不同班。我和他，也仅仅停留在点头之交。只听说致远的成绩越来越好，他的九门功课会考得到了全 A 的成绩，这在学校里是唯一的。凭着这样的成绩，他几乎可以直升任何一所重点大学。

　　高三毕业前，我们又有了一次近距离相处的机会。那时，我和他已经收到了各自喜欢的大学的保送录取通知书。致远如愿以偿，被上海一所著名的医科大学录取了。当别的同学还在为高考苦战时，我和他以及少数的幸运儿却已经卸下包袱，提前进入假期生活了。不知是谁提议，我们一拨人瞒着大家悄悄去了近郊的古镇旅行，之所以瞒着，是怕这个举动刺激了正在苦读的同窗。

　　这是真正的短途旅行，五个人的小团体，去时彼此都不太熟络，回来时，已经嬉笑着打闹了。因为身心得到了真正的释放，原有的一点小矜持都放下了。从火车上下来，意犹未尽，已经在约下一趟旅行。我和致远笑着挥手告别。

他忽然低头在背包里掏东西，掏了一会儿，才摸出一个亮闪闪的勋章似的钥匙圈。"给我的？"我看着他伸过来的手。他点点头。我接过，小心翼翼地放在掌心——这是一个有着小王子图案的钥匙圈，小王子金色的头发在靛蓝色的背景上闪亮，非常讨人喜欢。但我还是有些迟疑，不明白他为什么要送我这个。正犹豫间，一抬头，发现致远已经跑远了。他用的是鹿一般奔跑的速度，只一会儿，就跑得没影了。

三

我留下了那枚小王子钥匙圈，把它装进信封，收在一些零碎的行李里面，一起带去了大学。大学四年间，换了好几把钥匙，但小王子钥匙圈一直没换，一直用到上面的蓝漆斑驳，才依依不舍地换下了它。而那个时候，我和致远已经有三年没有联系了。因为他生了我的气。

大学一年级，我在一堆来信中间一眼发现了那个浅蓝色的信封，它来自致远的医科大学。我们开始了不规律的通信，他写得多，我写得少。信的内容多半描述各自的大学生活，偶尔故作老成地指点江山。他多半用纯蓝色的钢笔墨水写字，他的字很有特点，一律往左边略略倾斜，让我联想到春水边被风吹斜的杨柳。我去过致远的学校，他

们寝室有一个新疆来的男生，致远给我吃那男生送的带籽葡萄干，紫色，嚼起来糯糯的。在那以前，我从未吃过这么甜而大的葡萄干。我们抓了一把葡萄干，站在致远宿舍楼的天台上，一边看远处时明时灭的霓虹灯，一边说话，放肆地把葡萄籽吐得老远。

因为刚刚中学毕业，还不适应大学生活，中学同学之间互相频繁走动，大家都习以为常。一切都那么明朗、简单。

后来有一次，致远从我们学校离开后，睡在我上铺的女生笑嘻嘻地盯了我一眼，诡秘地趴在我肩上咬耳朵。"致远看你的眼光里有不一样的东西。"她说。我正端起茶杯喝水，她的话差点让我呛到。我盖上茶杯盖子，摇摇头，故作轻松地说："不会。"致远并不具有让我失眠的力量。在我心里，他只是一个说得来的中学同窗。我想我之于他，也是同样的吧。

因为年轻，年轻到觉得人生的第一场恋爱不该如此早地到来，年轻到觉得一个男生频繁地来找你，只是因为顾念同窗友情。可能正是这个原因，当后来致远真的吞吞吐吐对我说了那个意思以后，我居然可以不加考虑地就给了否定的答案。

致远一直吵着让我用稿费请客。我答应了，用一篇小说的稿费请致远吃了一顿晚餐。致远的胃口好，一顿饭可以吃掉一只鸡。正是长身体的时候，我也吃得很多。都顾着埋头吃东西，连话都来不及多说。吃完饭，我们去附近的公园散步。就是在那里，致远表达了爱慕我的意思。我默默地听着，心里并没有太多感动，而是起了一层层的诧异、尴尬和不知所措。我下意识地揉搓着一团已被我汗湿的纸巾，局促中，只说了短短的一句话："我觉得我们都太小了，你还比我小几个月呢……"

致远低着头听，夜色模糊了他脸上的表情，也给我的惶恐以安全的掩饰。正是春寒料峭的三月，薄雾悄悄地漫卷起来，轻罩了周围的建筑物。月亮挂在空中，射出清冷的光辉。致远含糊地喏喏了几声，然后，转过身，甚至没有告别，就慢慢地沿着街道的另一边走远了。他跳上了一辆刚刚开过来的公交车。

我想是我伤害了致远。此后，再也没有得到致远的音讯，连通信也没有了。但我一点都不怪他，只是遗憾着少了一个可以说话和走动的老同学。我照旧用着他送给我的小王子钥匙圈，直到它旧得不能用。

四

再次见到致远是五年以后了。

　　他辗转打听到我的电话，来我工作的编辑部找过我一次。那时，他已经是大医院的见习医生了。他和我商量，怎样给医学杂志投稿。我所在的编辑部和医学无关，唯一沾得上边的就是"杂志"，正是这唯一的一点沾边，给了他一些希望。我给他出了主意。我们都刻意淡化了久别重逢，自然而投机地聊了一个多小时，全然没有提起往事，好像那件事根本没有发生过一样。我吃惊地发现致远的发际线有稍稍后移的倾向，头发也没有过去浓密，举手投足却是成熟了不少，言语准确而稳重。我还发现，他过去说话时舌齿间带出的"咝咝"声，居然消失了。

　　可是，无论怎样回避旧事，到了末了，仍要忍不住忆旧。我问起他的父母，致远脸上的神采顿时黯淡下去，他低下头，两手交握着，骨节间发出轻微的咔咔声。他似乎在做着艰难的选择，沉默了很久，才说出一个让我震惊的故事。

　　那应该是致远和我断了联系之后不久，他得到了一个坏消息——母亲被确诊罹患晚期胃癌。致远赶回老家，和父亲、哥哥一起，把母亲送进了手术室。手术后不久，要强的母亲休息了不到半年时间，就回到了手术台边继续工作。也许是疲劳所致，一年后，母亲癌症复发，医生回天无力，致远刚过天命之年的母亲便匆匆作别了人世。

　　妈妈去世时，爸爸对着她的遗体大骂来着，致远说。谁让你那么要强，谁让你和人争！现在到天堂去和人争吧！爸爸蹲在地上边哭边骂，致远和哥哥想上去安抚情绪失控的爸爸，还没开口，就跟着爸爸一起号啕大哭。

　　致远的母亲，我是认识的。她身上总带着若有若无的药水味，让人感觉清爽。个子高高的，烫得微卷的短发，颧骨上有淡淡的雀斑，说话的语速很快，好像总是匆匆忙忙地赶着去做什么。据说，致远还在痰盂上撒尿的年龄，母亲就教他学英语了。这一点我没向致远证实过，不过，从致远话里常说的"我妈如何如何"，是可以看出母亲对他的影响的。

　　听致远这样说着，我的心好像被剜了一刀。虽然并不熟悉致远的母亲，但我能想象失去母亲给致远带来的悲恸。而我自己，当明白了人都逃不脱生老病死的常识之后，就曾经一次次地设想假如有一天母亲永远地离开我，我会怎

样。单是这样的想象，每次，都会让我泪眼婆娑。

"妈妈死了，这是我长大后第一次哭得这么伤心。我以为这辈子再也不会这样哭了，但没想到，仅仅一年后，我又如此这般地大哭了一场，甚至有了想死的冲动。"致远说。

母亲去世一年后，致远的父亲来上海出差，顺便看望还在上大三的儿子。母亲不在了，父子间似乎情愫更深，更有相依为命的感觉。致远带父亲玩遍了市区和近郊，父子俩也前所未有地说了许多以前不会说的话。三天以后，父亲坐长途汽车返家。因父亲是和同事同行，加上学校有课走不开，致远没有去为父亲送行。虽有分别的怅惘，但致远还是埋在心里了。一切如常。

傍晚时分，致远估计父亲已经到家，便给家里去电。但只闻长而空旷的铃声，无人接听。他心中略感不祥，只能焦灼而忐忑地等待，电话不知拨了多少个，结果却是一个，父亲迟迟没有回家。

直到天黑，致远才接到叔叔的电话。在致远的记忆里，这是他听到的最可怖的电话，话筒里仿佛藏了刀，直戳他的心脏。叔叔告诉他，父亲去世了。

世界上难道有比这更不可信的消息吗？致远说："叔叔，不要和我开玩笑！"他分明记得送父亲到路口的情形。父亲的气色很好，情绪也高。上海很少有这样的蓝天，没有云，

空气如洗过一般清新。他目送父亲挺拔的背影走进法国梧桐的树影里……

叔叔在电话里说："我为什么要骗你呢？真对不起，对不起……"叔叔一再地重复着，话音里已哽咽不止。

叔叔为什么要说对不起呢？仿佛父亲的死，是叔叔对他的亏欠，不，是上天对他的亏欠呀！致远的父亲还没有离开上海，就已经停止呼吸，永远地离开了这个世界，离开了他亲爱的儿子。他原准备搭乘公交车去长途车站。公交车缓缓开进了拥挤的站台，很多人追着车门跑，有人背着大包小包在他身边推推搡搡。不知是谁，猛烈地撞了他，他被绊倒，头部重重地摔在车门上。他趔趄了几下，仰面倒在地上，竟没有再醒来，没有留下一句话，甚至一声呻吟！短短几秒，生死相隔。致远的父亲是一米八的高大个子，如此健硕的生命，竟是不可思议地脆弱……

我听着致远的讲述，手微微颤抖起来。空气变得稠厚，我感到了一点窒息。我低下头，不敢看致远这时的表情，甚至，

我觉得，刚才问起他父母的情况，真是罪该万死。

"一直到举行父亲的葬礼，我都是稀里糊涂的。脑袋里空白一片，眼前漆黑一片。那段日子，我和哥哥抱在一起很多次，这是我们兄弟俩拥抱得最多的一段时间。我觉得，如果我们不拥抱在一起，我随时都会给冻死。我和哥哥……成了孤儿。"致远凝视着玻璃杯里的水，喃喃地说着，我能感觉到那股摧毁性的力量直到现在还在影响着他。

好在，现在，一切都过去了。致远长长嘘出一口气，抬起头挤出一个笑。他的笑，凄凉而明亮，宛若日落前即将消逝的光芒。

五

大学毕业后的时间流速明显加快了，一眨眼，轻舟已过万重山。用一瞬来形容十年并不为过。之后的这十年，我和致远都安然地过着各自的生活。我们联系得很少，偶尔想起致远，我的心里都会泛起隐隐的痛。我有一层没有说出的隐衷，在不留情面地拒绝了致远以后，他的生活就起了如此巨大的波澜，尽管两者之间并没有联系，在我，却仿佛有脱不了的责任。这一层隐衷悄悄地埋在那里，一旦触到与此相关的细节，就会沉渣泛起。所以，只要致远

找我，需要我做什么，我都会尽最大努力做好。

但其实，永远是别人求致远的机会要多得多。致远在大医院，同学的父母有生病需要手术之类，无论是相熟的不相熟的，凡找到他，他都会尽全力解决。

"我能体会做儿女的心。"致远对我说。他不再提起早逝的父母。他自己也已经做了一个男孩的父亲。

有一次，我的母亲突发肾结石，我正忙乱着送她去邻近的医院，就在这时，致远来了电话。我告诉他眼前的状况。致远说："我马上过来。""不需要的。"我说。致远还是执意要来。他开车赶到时，母亲躺在急诊室的临时床位上，疼痛已经缓解。致远在床边耐心地询问了病情，觉得没有大碍了，又急匆匆地赶回去上班。见到致远特意赶过来，父母都有些感动，他们很多年没见他，只记得他小时候的模样。

致远低头站在母亲床前的时候，我也想起了他上初中的样子。太阳斜斜地照在教学楼的走廊上，致远背靠着栏杆，埋头看一本书，地上投下他浓重的细长的影子。那影子的边缘，仿佛勾上了一圈毛茸茸的金边。

可是，人与人的相处，总是蕴藏着难以言说的秘密。有的人之间注定了要亲密无间，近到可以彼此触摸对方的心跳；而有的人之间，再怎么努力，都注定了只能保持适

度的距离。很近，又很远。我和致远，大概就属于后一种吧。

我默默地祝福致远，希望他的人生平坦、幸福。做医生的致远，工作极其繁忙，他从未间断过学业，工作之余，读完了医学博士，还在国外的医学刊物上发表了不少有质量的论文。九门功课会考全 A 的致远，理所当然会拥有骄人的前途。

可是……可是……在父母先后辞世十余年后，他等不及了，熬不住对父母的思念，急匆匆地去天堂与他们会面了。致远对父母的爱，一定远大于对这尘世的留恋吧。这个尘世里，还有他尚年幼的儿子，他却不惜让儿子承受自己尝过的痛苦。致远真是很自私。

站在致远的墓地前，我在心里这样责怪他。他的墓地选在依山傍水的地方，听得见潺潺的流水声，还有清新的空气和松柏。风吹动着天上的云，迅速地游走，太阳从云层后面露出脸来，淡金色的光线轻照在致远的相片上，致远的笑容是那样地清澄。

致远，你要走好。

一段旅程已经结束了，下一段仍会开始。无论是活着的人，还是去了天堂的人。

成长是令人迷恋的。

它最让人着迷也最让人痛苦的地方，在于它的不可知。没有什么不会发生，没有什么能够逃避。你只有接受生活赐予你的一切：幸运与不幸，甜蜜与苦涩，照单全收。你仿佛被赤裸裸地曝于阳光之下，你的感觉和嗅觉异乎寻常地敏感，你张开皮肤上的每一个毛孔感知周遭，能捕捉到任何一丝不易察觉的痕迹和气味。你变得多愁善感，甚至以一种迷恋的心情沉溺于伤春悲秋——你以为，这才是真正的青春和人生。

可是，生活的真相有时候并不如你想象的那样，既不那么美好，也不那么丑陋——有时，成长往往就在一夜之间。

第十个故事
不是落叶的季节

一

　　下课铃一响，女孩子们就像麻雀一样飞出教室，男孩子人来疯似的推推搡搡，嘴里"喔喔"叫着，楼道里顿时沸腾起来。你不屑于看他们，把脸转向窗外。你知道这时候不会有人来找你，你也无意与任何人搭话。已是深秋了，天上的云飞来飞去不住地流动着，梧桐树迎着萧瑟的凉风，一片金黄的树叶打着旋儿飘进窗子，落在你的手上，像一个孤独而美丽的精灵。你轻叹一口气，把那片落叶揉碎了。

　　不知从什么时候，你开始习惯于这样痴痴地想。每每这时，你的眼光便愣愣的，像是被定住了似的，而你的心也像一朵飘忽的云，总也找不到方向。哥哥笑你，笑你装深沉。想到哥哥，你笑了，哥哥是世界上最好的哥哥。他长你十岁，他成熟，懂生活，理解人，体贴人，而且很潇洒。哥哥的优点太多了，不像他们。你瞥了一眼楼道上正打闹着的疯疯傻傻的男孩女孩。除了读书玩耍，他们什么都不懂，你的嘴角动了一下，似笑非笑的样子。

　　一阵清脆的笑声从窗口飘进来，你下意识地向楼道上望了望，这种放肆的笑声只有晓培才会有。晓培正起劲地

跳着皮筋，两个小辫极幼稚地甩啊甩的，像两支朝天葱，你为自己的比喻暗自好笑。晓培曾经是你最亲密的朋友，可现在不是了，早已不是了。从那个令人不快的下午开始，你就发誓不再理睬她，因为她犯下了在你看来不可原谅的错误。你甚至有些恨她。

那次也是在课间，你像往常一样拿出三毛的书翻看着。晓培她们几个女生在离你不远的地方说笑，你很少加入她们的谈话，她们总爱谈些歌星影星，你觉得这种话题太肤浅太没意义。晓培尖细的声音提得很高，大声宣布自己心目中的偶像是台湾歌星童安格，说他如何如何帅如何如何迷人；另几个女生也兴奋地嚷嚷着。你不满地朝她们看了看，正巧晓培也朝你这边看，她故作神秘状把手拢在嘴边，对那几个女生说："你们猜，倪佩佳的偶像是谁？"尽管声音不大，但你还是听见了。你愠怒地瞪了晓培一眼，可她像没看见一样，满不在乎地继续说，"是我们体育何老师！"你的脸色唰的一下白了，拽起晓培就往外走。"你凭什么出卖我！"你大声地质问晓培。晓培被你吓蒙了，吞吞吐吐地说："你脸色怎么这么难看，我没出卖你。""还没出卖我，我让你别告诉别人的！""哦，我忘了，真对不起。"晓培的脸也红了。你不再说话，别转身子，听凭晓培在后面拽你，你也无动于衷。晓培伤害了你，你不会原谅她了。你唯一

的朋友都不可信赖，在这个世界上你还能有什么依靠呢。
每每想起这些，你就觉得心里好苦好苦。以后几次，晓培
都主动找你说话，你不理睬。你和晓培之间的感情就像这
深秋里的梧桐树叶，凄凄惨惨地凋零了。不管晓培怎样想，
至少在你是这样想的。

　　"喂，你怎么还坐在那儿，下楼去上体育课！"比比站
在门口向你招手。你这才想起上课铃已经打过了。比比是
你们班的班长，一个很能干的女孩。她能当着几百人的面
演讲，而脸不红心不跳；她能组织起一台别致的晚会，而
不需老师操心；她能做许多别人做不了的事情，总之，比
比是班里的太阳，老师喜欢她，同学也围着她转。可你不，
你不喜欢她。你觉得她做作，你甚至有点可怜比比，她活
得太累，即便老师布置的作业再多，她也从不发牢骚。人
是需要发泄的，你猜比比的内心一定很压抑。"快来呀！"
比比有些不耐烦了。"来了。"你懒懒地站起来，跟着比比
下楼去。

<h2 style="text-align:center">二</h2>

　　又要上何老师的课了，你的心里隐隐感到一丝暖意。
何老师和哥哥很像，他的眼光里含着一种深意，那是成熟

的男孩子才有的目光。你喜欢看何老师的眼睛，还有他又黑又亮的头发；喜欢看他的一举一动。特别是他从鞍马上一跃而过的潇洒的姿势，那简直是一幅精彩的摄影作品，你不止一次在心底叹道。你并不喜欢体育，甚至有些讨厌，但上何老师的课却不同，你觉得那是一种享受。

列队的时候，何老师穿着一身淡蓝色的运动衣，显得比平时更英俊了。蓝色是你最偏爱的颜色。你爱海因此你也爱蓝。你的衣服多半是蓝色的，深蓝、浅蓝、湖蓝、粉蓝，你在自己的小屋里挂上淡蓝色的窗帘，贴上蓝色的画。你骄傲地向哥哥炫耀你的小屋是蓝色的世界，哥哥总是用笑来回答你。

"我怎么又走神了？"你轻轻地责怪自己。这样想着，你忽然感觉到有一双熟悉的眼睛在看你，抬起头，正遇上何老师疑惑的目光，你这才发现自己和旁边的同学空了一大截。你有些不知所措，急忙和同学对齐，一朵红晕却不自觉地飞上脸颊。

一只黑色的横箱立在体操房的尽头。你最怕跳箱了，一不小心，腿撞到横箱上，生疼生疼。何老师轻轻松松地做了个漂亮的示范，身体从横箱上一跃而过，在半空留下一道浅蓝色短促的弧线。漂亮！一群女孩子又叽叽喳喳地议论起来。你听见比比兴奋地嚷道："太棒了！"晓培冲着

何老师嚷："老师，再来一个！"你有些不屑，没有说话，悄悄地躲到一边，只是在脑海里重演刚才那一瞬美妙的镜头。

轮到你跳了，何老师站在横箱边朝你微笑。你深深地吸了口气，朝那虎视眈眈的横箱跑去，踏跳。你忽然紧张起来，支撑的手不自觉地有些发抖。这时，你听到何老师略带沙哑的声音："别怕，你能跳过去。"接着，又感觉一只温厚的手在后背轻轻地推了一下，你已稳稳地站在横箱的另一侧了。你转过头，看见何老师黑黑的眼睛，脸又唰地红了，你不知道自己为什么脸红，当然也不明白为什么你的后背整节课都似乎保留着温暖的感觉。

放学了，你独自一人离开教室。你不喜欢像比比、晓培她们一样成群结队。有时候你会感到孤独，但你绝不会迁就自己和不喜欢的人相处。经过体育教研组的时候，你看见门虚掩着，你小心翼翼地把门推开一条缝，里面响起熟悉的声音："是倪佩佳吧，请进来。"你心里一惊，犹豫了一下，躲躲闪闪地探进半个身子。"有事吗？"何老师朝你笑了笑，从身边拉过一把椅子，示意你坐下。"《雨季不再来》？"何老师看见你手里的书，"是三毛的吗？"你点点头。"三毛活得很洒脱，是个了不起的女性，你喜欢她？"何老师的眉毛挑了一挑，很有些调皮的样子。"当然！"你

突然兴奋起来，"我最爱读她的散文！""我也喜欢三毛的文字，有时候也试着写一点。你看！"说着，何老师从抽屉里取出一叠稿纸，上面圈圈画画涂了不少。你接过来，一页一页翻看着，嘴里自言自语："没想到……""没想到什么？""没想到您这位体育老师还那么有诗意。"话一出口，你忽然觉得有些不合适。何老师却笑出了声："今天不早了，后天下午你来这儿，我们再聊聊三毛和她的书，好吗？"说这话的时候，何老师的眼睛里闪着孩子般的光亮。

三

"哥！哥！"你一进家门便大声地嚷。哥哥从里间走出来，不解地问："什么事这么兴奋？""我今天有一大发现，我们何老师能写一手好散文。哇，何老师太帅了！""哥，我觉得你们这种年龄的人最有味，成熟，不像我的那些同学，一个个都像毛孩子，什么都不懂，太没深度了。我都不知道怎么跟他们说话。"这一天，你和哥哥说个不停，像只快活的小鸟。你也不明白，你为什么和哥哥有说不完的话。在你看来，哥哥是完美成熟的，而这些，正是你所向往的。

约定的日期到了，又是一个有风的下午，地上的落叶又加了一层。你喜爱落叶的天气，空气中弥漫着淡淡的诗意。

这是一种蕴藉深沉的美。你一直祈盼着这个下午的到来。放学后，你悄悄避开同学，直奔一楼的体育组。你把与何老师谈话看作一种享受，和他说话，你总能得到些什么，你就觉得充实愉快。你又想起了比比、晓培他们，从他们身上你似乎得不到你想要的东西。你常常失望，也常常被这种失望搅得好痛苦。

你轻轻推开体育组的门，却惊住了。何老师正和比比面对面坐着，谈得很亲热，也很投机。比比捂着嘴一个劲地笑，笑得前仰后合。何老师也在笑，黑眼睛里闪着兴奋的光亮。你呆呆地站在门口，有些手足无措。何老师抬头看见你，并没有什么表情，又若无其事地和比比继续说笑。蓦地，你的心里升起一股说不清的妒意。骗子！你在心里愤愤地骂了一声，甩上门，头也不回地走了，不知不觉睫毛上已沾了湿湿的泪。

你一头撞进自己的屋子，你感到心里憋得难受，你想发泄，想骂人，随手抓起桌上的花瓶用力掷向墙角，随着一声清脆的裂响，碎片撒了一地。哥哥闻声进来，一脸的惊慌："你怎么了？""不用你管！"你听见自己大哭起来。"究竟怎么回事？"哥哥有些不耐烦了。"何、何老师约我今天

谈话，却和比比谈得好亲热。"你还在伤心哽咽。"我以为是什么天大的事情。小妹，你心眼真小，何老师能与你交谈，为什么不能与别人交谈？真是个小女孩！""谁说不能了？"你拼命把哥哥推到门外，你第一次发现哥哥也不能理解你。也许他们这种年纪的人都不可信赖，老奸巨猾！

四

小屋的地上零零落落地丢满了课本和讲义。你蔫蔫地坐着，头靠着墙，望着窗外发呆。梧桐树叶快掉尽了，薄而淡的阳光时而从云缝里探出来，时而又隐匿起来。几天了，你不愿和任何人说话，不论是同学还是哥哥。你谁都不想理睬，你的心情就像这太阳一样阴阳怪气的。

"佩佳姐姐。"不知什么时候，从门缝里探进一个小脑袋，那是你家隔壁的小豆豆，一个调皮可爱的小男孩。小豆豆见到满地零乱，吐了吐舌头，很懂事地对你说，"佩佳姐姐，你的房间多脏呀，我帮你整理好吗？"你"扑哧"一笑，一把搂过小豆豆："不用你整理，姐姐想跟你说话。"你当然不可能和小豆豆谈些什么，但小豆豆的无忧无虑让你羡慕，他童稚可爱的话逗引得你忍俊不禁。"小豆豆，你和你的小伙伴吵架吗？"你想起一个有些可笑的问题。小豆豆挺了挺肚子，有些自豪地说："当然吵，不过，吵完还是好朋友。我们还打架呢！"你摸了摸小豆豆毛茸茸的脑袋，那小脑袋里一定装着清一色单纯的念头，你这样想。你很希望小豆豆再来，逗他玩真是轻松。

以后，小豆豆几乎天天来陪你玩。你不懂自己怎么一下子变小了。尽管你依然很少和同学和哥哥说话，但至少你心里不再那么郁闷了。

"小妹，给你看篇好文章！"哥哥把一张报纸从门缝里塞进来。《友谊是海》，你看了一眼文章的标题。哥哥见你没有拒绝，走进来，在你身边坐下，"小妹，你对待朋友应该宽容，就像这篇文章写的那样。友谊应该像大海一样，容得下别人任何细小的过失，要多想想别人的长处。小妹，你要快乐一些，无论是晓培、比比，还是何老师，或者是我，都不可能是完美的，过分地追求虚幻的完美，只能陷入孤独和失望。你懂吗？""别说了。"你打断哥哥的话，语气却很柔和。你接过报纸，认真地看了看作者的署名"小雪"。

灯下，你的面前摊开着一叠信纸，旁边放着那张报纸。这是你第一次给陌生人写信。以前你常笑话那些给作者写信的读者，你觉得他们都是些不可思议的傻瓜，可现在你也做起这样的傻瓜来了。在信纸上，你很郑重地写下两个字"小雪"，笔尖又犹豫了一下，小雪，她会给我回信吗？

她会笑话我吗？这些你都无从知晓。但你断定小雪是个重
友谊有思想的人，就因为她能写出《友谊是海》。你接着写
下去：

　　　　"我很喜欢你的《友谊是海》，你一定有许
　　多朋友，而我却是个孤独的中学生。我缺少朋友，
　　缺少知音，和同学在一起时，我总感到一种无法
　　填补的距离。并不是我不需要友谊，而是我寻找
　　不到友谊。你能帮我吗？"

　　信写得很短，末尾你署上了自己的名字。信寄到了报
社，但愿报社能将信转给小雪。你热切地盼望着小雪的回信，
但又隐隐感觉那不太可能。
　　两星期后，一只粉红色的信封飞到了你的手上。凭直觉，
你猜到那是小雪的信。你一阵窃喜，你甚至有些激动，连
拆信封的手都有点发抖。

　　倪佩佳朋友：
　　　　你好！
　　　　收到你的信，我很高兴。看得出你是一个真诚
　　的女孩。真诚地去爱周围的每一个人，当你打开

了自己的心扉，周围的人也会爱你。只要你愿意，相信你一定能觅到真正的友谊。

我也是个中学生，而且和你一般大，我很愿意成为你的朋友，以后，常通信，好吗？

信上的字迹很娟秀，一定是出自内秀的女孩子之手。你觉得那笔迹有些熟悉，却又想不起在哪里见过。小雪的信你读了一遍又一遍，直至背熟。你把信夹在三毛的书里，同时也产生了一种让你欢快的预感：小雪也许真的能成为你的好朋友。

一个多月了，你和小雪每星期通一封信，信也越写越长。收到小雪的信，那天便是你的节日。哥哥问你为什么有那么多话跟小雪说，你说小雪有思想，理解人，而且真诚；哥哥又问你，为什么不见见小雪，你回答说，有距离才有

美感，朋友还是离得远一点好。哥哥摇摇头走开了，你对着哥哥的背影吐舌头。其实你很快乐。

五

下课后，数学老师把你叫到办公室，对你说："学校准备让你代表初二年级参加市里的数学竞赛，还有三个星期，好好准备一下。对了，《初中数学水平自测》你有吗？"你摇摇头，"最好能想办法买到，对竞赛很有帮助的。可惜我这里也没有，"数学老师遗憾地叹口气，又继续说，"你是班里的数学尖子，竞赛人选非你莫属了。"说着，在你肩上轻拍两下。

"水平自测，水平自测。"从办公室出来，你一直念叨着那本书。一定要想办法搞到，可上哪儿去弄呢？一连几天，你跑书店，没有;跑图书馆，也没有。眼看比赛一天天临近，你忽然想起了小雪。你抱着试试看的心情，向小雪求助。

刚给小雪发了信，你便病倒了。一连两天，你躺在家里没去上学。床边的书桌上堆满了资料，独缺那本水平自测，你已不存希望了。最近，你太累了，为了比赛，你几乎每天熬夜到十二点，你的脸色黄黄的，眼圈也有些发黑。

"叮咚"，忽然间听到有人按门铃，你趿拉着拖鞋去开

门，门外却空无一人。谁开玩笑，会是小豆豆吗？正纳闷间，无意中瞥见地上放着一个纸包，打开，你眼前一亮，《初中数学水平自测》！一张纸条从书里悠悠地飘下来，你急忙接住。纸条上写了短短几行字：

> 佩佳，我发动班里的同学给你找水平自测，好在人多力量大，同学们的工夫没有白费。但愿它对你有用。祝你比赛成功！
>
> 小雪

小雪，小雪，你默念着小雪的名字，鼻子一阵发酸，眼泪掉在纸条上。那娟秀的字迹被泪水化开，像一只只小小的黑蝴蝶。

六

"哥，我数学竞赛获奖了！"你一进房门，就搂住哥哥的脖子撒欢，"我要请小雪和她的同学来家里做客，过圣诞节！"你大声嚷嚷着，你太快活了。现在，冬日的肃杀丝毫影响不到你的情绪。"好，哥哥帮你准备。"哥哥吹起了漂亮的口哨，他也和你一样快活。

　　你急切地盼望圣诞节那天，你忙碌地打扮你那间蓝色的小屋。你向小雪发出了邀请信，小雪答应到时一定来，当然还要带上她的同学。你想象着小雪的模样，童花头？大眼睛？白皮肤？小雪一定很美，像她的心一样。

　　圣诞前夜，你早早地关了灯，点起五颜六色的蜡烛，在自制的圣诞树上挂满彩灯。你的小屋温馨而浪漫。你在等待，等待那层神秘被揭开的时刻。时针指向七点，门外响起了杂沓的脚步声。你兴奋地跑去开门，猛然间，你的笑容僵住了。门外站着比比、晓培，还有五六个你的同班同学。"你们怎么来了？"你不解地望着比比。"是你邀请我们来的呀！"比比和同学齐声说。"你，你是小雪？"你的声音怯怯的。"对，小雪就是我，我就是小雪！"比比一把拉住你的手。一时间，你不知道该说什么，羞怯、懊恼、惊喜……一下子全涌上你的心头。"比比！"你搂住比比的肩膀，比比的手在你背上像哄小孩似的轻轻拍打着，晓培她们在你身后咯咯地笑。

　　这时候，小屋里响起了悠长的音乐，闪烁的烛光里映着一张张稚气的脸。你知道你的新生活也许从今天就已经开始了。你寻寻觅觅，最终却在身边找到了你所渴望的情谊。这真是一个戏剧性的玩笑。

　　本来呀，现在就不是落叶的季节。

　　每个人都期望在镜子里看见自己，不一样的自己。不知道为什么，我们常常对自己不满意，期望着有另一副模样，却在不经意间忽略了自己的美好。

　　这个世界是需要重新发现的。当然，自己，也是需要重新发现和认识的。因为你自己，就是一个完整而独立的世界。我希望你能喜欢那些明朗温暖的颜色，你将从中看到一个比你想象中更可爱的自己。

　　将来，当你回首成长，你会意识到，少年时和伙伴一路同行的印记留存不去，那里有永不消失的湖泊、永不摧折的树木、永无尽头的漫漫长路——

第十一个故事
一路同行

一

我把整只西瓜小心翼翼地捧到水池里，顺手操起把西瓜刀，刀刃轻轻一碰，瓜皮就"噗"地裂开，从缝隙里隐约可见里面红得可人的瓜瓤。我咽了口唾沫，两手各捧半只西瓜往房间里走，把其中的半只递给坐在地板上满眼期待的雀斑豆。

这就是我们的午饭了。整个夏天，我和雀斑豆几乎都是这么度过的。要么在我家，要么在她家，以地为席，看书打牌下棋闲扯，吃了睡，睡了吃，差点就成了"冬眠猪"。

这是近年来最炎热的夏天，燥热把人生生地逼回了室内，街道上人影寂寥，却充斥了歇斯底里的蝉鸣声，那声音撕扯着烫手的空气，把它扯成一张大网，叫人透不过气来。露天游泳池更是懒得去了，我和雀斑豆只去了一回，背上就褪下一层白生生的皮，火辣辣地疼。整个暑假我们只能窝在家里，就这么百无聊赖地死挨着。

吃完西瓜，把瓜皮搁在一边，雀斑豆朝我抬起自己白嫩的左腿，眼神里竟有了些哀怨："你看，我这小腿肚子！"她面朝我屈腿坐着，抬起的左腿和身体成为直角，小腿肚

子因为重力作用垂下来，显得鼓鼓胀胀，很是结实。"我又不胖，偏偏小腿这么粗……"雀斑豆抱怨道。为了安慰她，我也抬起了自己的小腿，和她对比了一下。我和雀斑豆都不属于那种芦柴棒的身形。雀斑豆捏了捏我的小腿，释然地笑了。然后，我们又继续比较了各自的脚踝，都遗憾自己的那个部位太粗笨。"难怪跑不快！"我们自嘲道。因为据说只有那些脚踝长得细的人，才能跑得比兔子还快。

那个暑假的星期四下午，我和雀斑豆研究着彼此发育中的身体，说着老掉牙的笑话，很快又陷入了沉默。"还是画画吧！"我提议。马上找来铅画纸和彩色蜡笔，一人一边，以小凳子为桌，各自画起来。我正为自己笔下的古代仕女图自鸣得意，却听见背后的雀斑豆发出"哧哧哧"难以抑制的笑声。雀斑豆有个毛病，一激动，牙齿就会控制不住地打战，还会浑身颤抖。我猜到她一定画了什么"惊世之作"，一把将她的画抓过来。见纸上画了个"女丑八怪"，居然还是裸体的，上半身有三个乳房，叉手叉脚，脚趾头个个像胡萝卜那样粗，更可笑的是她的头发，一坨坨，牛屎一样地堆在脑袋上。

"这是什么啊？"我皱了下鼻子，撇撇嘴。

雀斑豆笑得更加不可遏止，捂着肚子歪倒在地板上，边笑边呻吟："哎哟，我笑岔气了，受不了，哎哟！"

　　看她那乐不可支的模样，我忽然明白了她画的是谁。一定是"杨太君"，我们的班主任兼数学老师。被奉上"太君"雅号的女老师，自然有着旁人不能及的两把刷子。雀斑豆曾经在杨太君的训斥下，当着全班的面痛哭流涕满地打滚，连我这个死党也跟着颜面尽失。雀斑豆如今在纸上望梅止渴地泄私愤，也算情有可原。

　　我跟着笑起来，拿起一支红色蜡笔，打算在那丑人的身上画一只肚兜，遮遮羞。雀斑豆坐起来，扯过我的手臂，想抢蜡笔，不让我画。两个人你来我往，打闹着一起跌坐在地板上。

　　这时候，响起了急促的敲门声。雀斑豆一个鲤鱼打挺坐起来，抓过那张画，藏到了沙发底下。

　　"谁啊？"我喘着气，趿拉着拖鞋去开门。

　　"我的声音也听不出啊，坏蛋！"那家伙抱怨道。

　　听出来了，是假小子于丽。她和我住在一个小区，整个夏天我都没见过她，现在不知从哪里冒出来了。

　　门一开，于丽甩脱了凉鞋，赤脚跟我走进房间。"就知道你也在！"她指着地板上的雀斑豆说。她的板寸头因为出了汗，根根直竖，像个刺猬。见桌上放着杯盐汽水，拿起，仰头就喝。

　　"你像是刚从蒸笼里出来。"雀斑豆说。

"热死我了，渴死我了。"于丽喝完最后一滴汽水，打着嗝说，"想来想去，还得来找你们。"

"出什么事了？"我说。

"我弟弟失踪了。"于丽说。

我和雀斑豆都蒙住了。

二

于丽的弟弟叫于洋，也是我们的同班同学。说是弟弟，实则是双胞胎，于丽比他早生十分钟而已。他们姐弟两个是反着长，于丽像男孩，于洋像女孩。于丽是踢足球不管不顾，敢于把鞋子都踢掉的那种性格；于洋呢，连拿支笔也要翘翘兰花指，平时胆小如鼠怕这怕那。这么蔫里吧唧的于洋居然玩失踪？

"别逗了！"我和雀斑豆沉默片刻，马上笑起来。

"谁开玩笑，他今天天没亮就不见了，到现在都没音讯。"于丽一本正经，面色焦急，还狠狠跺了下脚。

"那不等于就是失踪啊。"我说。

"你们不知道，问题是，他天不亮就跑掉了……我直觉，这家伙真的是在玩失踪。"于丽说。

这下，我们信了她。

两天前，于丽于洋的父母赶去城里探望住院的奶奶，不得不把他们姐弟留在家里。昨天晚上，于洋忽然对于丽说，夜里梦见奶奶了，吵着要去城里看奶奶。于丽说，不许去，爸妈说了，我们去了是添乱。于洋不听，非要去。于丽说，爸妈不在家就要听我的，我是你姐。于洋说，什么姐，早十分钟还想当姐，你还没我高。两人唇枪舌剑互不相让，于丽动手狠狠地"修理"了他。直到于洋被于丽捏着耳朵讨饶，彻底打消念头，这才偃旗息鼓。

没想到，今天一早，于丽起床发现于洋不见了。开始，也没有多在意，过了中午，还不见于洋的影子。于丽才着急上了，去于洋的死党家找了一圈，都说没见过他。万般无奈，她才打通了城里医院的电话。可是，听母亲在电话里一口一个"照顾好于洋"，于丽心里明白，于洋根本没有进城。按于洋出门的时间，早就该到城里了。

"现在，八个小时过去了，我是不是可以去派出所报失踪？"于丽看了眼手表，愁眉苦脸地说。

听她这么说，我感觉心脏胀大了一倍，有一种不祥的预感。正想开口说什么，雀斑豆抢在我前面说："报警？那可不行。报警就会弄得满城风雨，让杨太君和校长都知道，那以后于洋还有好果子吃吗？再说了，你爸妈在看护你生病的奶奶，要是知道于洋失踪了，他们还坐得住吗？要是

你奶奶知道了，病加重了怎么办？……"

我和于丽听得一愣一愣，对雀斑豆在短时间内的深思熟虑刮目相看。于丽支支吾吾地说："报警，我也只是说说……找你们，就是请你俩帮我想办法。"

我当然也不能显得迟钝，想了想，说："首先，你得和你父母保持联系，说不定他什么时候真到了医院呢？第二，得确定他可能去哪里；第三，我们得马上出发，一起去找他。"

"对！就这么干！"雀斑豆又激动起来，牙齿咯咯打战，竟显出几分喜滋滋的模样。

我们三人就这么七嘴八舌地议论着，努力装出镇定自若足智多谋的声调——这个无聊的暑假终于有事可做了！

三

我们先去于丽家。

"你没仔细检查一下他留下什么？比如字条、藏宝图什么的……"我边上楼梯边问于丽。这粗心的家伙居然根本没有翻找过于洋的东西，就咋咋呼呼地跑出去满世界乱找，难怪杨太君会讥笑她是黄鱼脑袋。直觉告诉我，我们一定会在于洋留下的东西里发现蛛丝马迹。

于丽的家乱得像狗窝，想象得出这两个混蛋趁父母不

在如何大闹天宫。于丽的房间里，几乎所有的平面都给乱七八糟的东西覆盖了。于洋的房间还稍稍整洁些，至少桌面上还有点干净的空隙。

"有字条吗？"我们三个划好区域，分头采取排雷式搜索。

没有，没有，啥也没有。除了臭袜子臭球鞋糖果纸折角的课本，没发现一条有价值的线索。

"他写日记吗？"我灵光一闪。

"日记……"于丽呆在原地，想了想，"有，好像有的，我最近常看他鬼鬼祟祟地在本子上写什么，我在门口一晃，他就把本子藏到抽屉里去了。"

说着，于丽便去拖写字台的抽屉。结果可想而知，锁着。但这难不倒假小子。她咚咚咚跑出房间，片刻工夫，双手各举一把榔头和起子回来了。那抽屉锁简直是豆腐做的，轻轻一撬，抽屉就打开了——一本蓝色缎面的日记本赫然入目。

"翻到最后，看他昨天记了什么？"我说。

"这小子居然写起秘密来了。"于丽迅速地翻看日记本，咬牙切齿地嘟哝着。"有了有了……"她突然提高音量，捧着日记本念出了声，"今天，我又被假小子欺负了。当她捏着我的耳朵要我讨饶时，我是多么恨自己没出息。我是个

男子汉，居然败在一个假小子手下。可是，我真的很想奶奶。奶奶从小把我带大，很想为她老人家尽尽孝。不过，即便不是假小子阻拦，我也不敢去，自说自话去了，肯定会被爸妈说一顿。咳，我总是这么瞻前顾后……我知道他们在背后叫我'于姑娘'，我总是怕这怕那，连蟑螂都怕，这胆小的毛病什么时候能改改啊……我真想改变自己，一定要做一件大事，让他们刮目相看。对！明天一早就出发，步行去骷髅坡，如果能独自在那里待一夜，我一定能脱胎换骨……"

"骷髅坡？"我和雀斑豆一起惊呼起来，"老天，他真会去那里吗？你昨天肯定把他折磨得够惨，他才会起这种倒霉的毒誓。"雀斑豆对于丽说。

于丽无奈地笑笑，笑得有些尴尬："这么说，我真有点对不住他，昨晚我把他按在地上了，提溜着他的脖子……"

"别说了，后悔也没用，得赶紧去找他。那可是骷髅坡。"我说。

骷髅坡实际是一块无名坟地，骷髅坡是我们班的人给

取的名字。它位于镇外三十公里处，在一条死路边上，旁边有一条河。附近村子里死了人，都埋在那里。不知为什么，什么年头了，他们还土葬。坟头白色经幡飘动，样子十分诡异。据说到了晚上，总有磷火游弋，车子一般都不敢往那里开。传说那里晚上闹鬼，附近的瓜地都没人敢看，车子若是经过，会出莫名其妙的车祸，死得很惨。有一次，全班去春游，路过那里，便有人隔着车窗感叹：谁敢在骷髅坡上过一夜，立马给他下跪！

胆小如鼠像个娘们一样的于洋居然想去骷髅坡过夜？"一定得把他找回来。万一……再过几天，我爸妈就回来了，我弟要是出了什么事，我爸准把我打个半死。"于丽说。天不怕地不怕的假小子居然也有发怵的时候。

但我和雀斑豆都没顾得上笑话她。想到马上动身赶往骷髅坡，我们心里又激动又紧张。

"现在有车去那里吗？"我问。

"末班车是四点半。一小时一班。开往六灶镇的车都经过那里。"于丽说。

"那今晚我们还回得来吗？"雀斑豆眨巴着眼睛。

"肯定回不来了，笨！"我说，"等我们到了那里，从六灶镇回来的车早没了。"

"那……我们今晚也要在骷髅坡过夜？"雀斑豆一脸苦

相地说。

"嗯。"我点点头,"不过,你们想想啊,我们是坐车去,于洋是走路去,这大热的天,说不定走不到那里就晒成人干了。"

"那……我们还要不要去?"于丽愁眉苦脸地说。

"去,当然要去!去救你弟弟啊!"我说,我感觉周身热血喷涌。

"嗯嗯,"雀斑豆频频点头,"姐妹有难不救,什么时候救啊。"

"那你们怎么跟家里交代?"于丽说。

"没事,我就说去雀斑豆家过夜,雀斑豆说去我家过夜。我们家的大人可放心呢。"我拍着雀斑豆的肩说。

"就这么说定了?"雀斑豆问道,"赶紧给我妈去打个电话。"

"我也回去收拾一下,"我说,"半小时后十字路口见。"

我回到家把吃剩的瓜皮扔进了垃圾桶,在桌上给爸妈留了张字条,又从储蓄罐里倒了些硬币在人造革的钱包里。

四十五分钟后,我、雀斑豆和于丽三个人坐上了开往六灶镇的末班车。车厢里没有空调,车窗大开,热风呼啦啦地吹,吹得浑身黏糊糊痒兮兮的。一路过去,没有好风景,连树叶都被太阳晒得卷拢了。时近黄昏,夕阳西斜,日头的余威还在。想到接下来可能遇到的事，我禁不住觉得有些滑稽——又兴奋又害怕，还觉得有那么点荒唐——万一于洋虚晃一枪，根本没去骷髅坡，那我们三个就属于自讨苦吃了，谁知道今天夜里会遇到些什么。

正这么想着，那大破车的引擎发出几声奇怪的轰隆声，抛锚了。我脑子里闪过八个字——"霉运当头出师不利"。乘客们只好下车，干等司机躺到车子底下去修车。路边刚好有个孤零零的用油毛毡搭的小卖铺，我们钻进去，把各自带的钱凑了凑，买了面包饼干汽水火腿肠之类的。我拧开汽水瓶盖，正想发牢骚，车修好了。

又颠簸了一个小时，大破车喘了口粗气，把我们三个扔在了乡间小道的岔路边，摇摇晃晃地开走了。此时，天已擦黑，我们朝正东方向望去，一条灰扑扑的土路笔直伸向远处，周围的景致似曾相识。没错，这条路就通往传说中的——骷髅坡。

四

"我一路上神经高度紧张，这小子居然没有留下蛛丝马迹。"于丽恨恨地说，"你们说他真到了这儿吗？"

"你以为于洋是狗吗？随时撒尿留标记？"雀斑豆故作

轻松说了句笑话，"他这一路真够辛苦的。呃——我是说他真的走到这儿的话。"

"哪怕他不在骷髅坡过夜，能凭两条腿走到这里，我就佩服得五体投地了。"我由衷地说。

我们顺着土路走了一百来米，一条黑狗不知从哪里蹿了出来。雀斑豆尖叫一声，躲到我身后，嘟囔道："说到狗，狗真的到了。"那狗满身生疮，有一只眼睛受了伤，凹陷进去，看上去很恶心。见着我们，它开始狂吠，嘴里口水四溅，朝我们奔过来。我本来并不怕狗，但看这架势，也慌了。雀斑豆禁不住哭爹喊娘，扯着我往相反方向跑。那恶狗就在我们身后狂撵。我感觉自己的手臂被雀斑豆拉扯了一下，被抓得生疼，我们只顾狂奔。情急之下，我忽然想起爸爸说过"狗怕蹲，狼怕火"，见着恶狗，可以就地蹲下，狗会以为你捡石头打它，就会跑掉。这招不知灵不灵，见那恶狗越来越近，我迅速停住脚步，朝她们两个喊了声"蹲下"，猛然转身下蹲，双手抓起地上的土块，做出攻击状。雀斑豆和于丽也学着我的样子蹲下了。那奔跑中的狗见我们蹲下，来了个急刹车，只是狂吠，却不再往前扑。见这招有效，我们三个便继续蹲着，且行且退，那恶狗也是进两步退一步。它又狂吠了几声，但声势已不如刚才可怕，我趁势把手里的土块向它掷去，正中它的背脊。它一个激灵，急转身，

跑掉了。

见恶狗跑远，我们还蹲在地上不敢起身。雀斑豆自始至终拽紧我的衣服，身体一个劲地打战。见我回头看她，她忽然涨红了脸，哇的一声痛哭起来。她这汪泪水来得突兀而猛烈，她双手抱住自己的脸，大声哭着，还扭动着身子，我和于丽都给惊到了。

"不哭了，那混账走掉了。"我拍打着她的背，小声安慰道。我了解雀斑豆，若不是强忍泪水顾全大局，那恶狗向我们攻击的时候，她早就已经哭得稀里哗啦了。她现在的痛哭，属于迟到的哭泣，那就让哭泣来得更酣畅些吧。

"嘿，真对不起……"于丽非常轻声地对我们说，"让你们陪着……"她显出内疚的样子。

"没事儿，我们陪你一条道走到黑了。"我说，又摇摇还哽咽着的雀斑豆的肩，"是不是，雀斑豆？"

雀斑豆抽了下鼻子，不哭了，站起身说："走吧，没事了。"

"什么时候把你这毛病改改，泪包似的，动不动大雨滂沱。"我边走边对雀斑豆说。

雀斑豆点点头，"我也不想这样，尤其不想在杨太君面前哭。可就是控制不住，真丢人。"

"说不定，你现在把眼泪哭光了，长大后就不用哭了。"于丽冒出一句。

　　我们沉默了。长大会怎样？偶尔，也会想到这个问题。好多念头纷乱飘飞，总也停驻不下来，那么，就让我们在今晚这个难熬的长夜里仔细想想吧。

　　不知不觉走到一个废弃的铁道口，铁轨已经生锈了，旁边杂草丛生，煤渣里混杂着臭烘烘的动物粪便。耳边飘来轻微的水流声，我们意识到，那条河就在不远处，河上有座简陋的木桥，过桥便是骷髅坡。

　　但是，走到桥边，我们傻眼了。那桥本身十分单薄，也许是经历了涨潮，木头桥面被冲走了一部分，余下的一部分七零八落地横在水面上，从镂空的桥面看得见下面湍急的水流，看那样子，桥身有随时散架的危险。

　　我们站在河边，注视着木桥，谁也没说话。对岸，就是那片传说中的骷髅坡。好大一片坡地上布满坟茔，密密麻麻的坟头上，白色经幡丛林一般迎风招展，在昏暗的天光下，竟有那么几分诡异的壮观。

　　过了一会儿，于丽才开口道："他好像已经进到那里了。"

　　"你说什么？"我看着对面发怔，如梦初醒。

　　"我说于洋已经进到骷髅坡了。"

　　"你怎么知道？"

　　"你看对面蓝色的什么东西在飘？"于丽说。

　　我顺着她手指的方向望过去，见一片白色经幡中，夹

杂着一点灰蓝，仔细看，那灰蓝好像是一件挂在竹竿上的球衣。"那是于洋的球衣。"于丽很肯定地说。

"那就过去吧。"我咽了口唾沫，鼓起勇气，低头看了看脚下的木桥。雀斑豆在我身边蹲下了身子。

"怎么啦，现在又没有狗。"我捅了雀斑豆一下。

"我感觉蹲着过桥比站着走稳当。"雀斑豆咬紧牙关说。

"好吧，你试试。"我说。

这时，于丽已经跨上了木桥。我让雀斑豆跟在于丽后面，

我断后。我们小心翼翼地走在桥上，每跨一步都深思熟虑。于丽走得灵巧而平稳，她好像天生具有走钢丝的平衡能力，如履平地，怪不得体育老是得优。雀斑豆一直蹲伏着，浑身紧绷，四脚并用地保持着身体的平衡。虽然模样有些可笑，但毕竟走得还算稳当。我则专心注视着落脚处，平伸着双手保持身体的平衡。我听见自己急促而有力的心跳声，感觉到耳朵里血脉涌动的热流，紧绷的肌肉微微颤抖，和胆怯做着最大限度的搏斗。很好，已经听不见流水声了，天地间静谧得让人感动。近了，很快就靠近岸边了！于丽一个大步跨上岸，转身抓住了雀斑豆的手。好了！我们过来了！真想让那些平常张扬跋扈的男生看看，如果看到我们三个女生所做的事，他们会做何感想，还会欺负我们笑话我们吗？

一跳上岸，我感觉全身虚脱，背上已经被汗湿透。还没缓过神来，便听见于丽朝不远处连喊几声："站住！站住！"

被她叫住的正是于洋，他赤着上身，正打算从一座坟头上爬起来逃跑。经过一天暴晒，他的皮肤已经成了赤红色，看见我们，他抓过竹竿上的球衣，心急慌忙往身上套。

"你们怎么来了！"他没好气地甩给我们一句冷冰冰的话。

五

"快跟我们回去！"于丽说。

"不，我发过誓，今晚一定在这里过夜。"于洋说。

"幼稚。"雀斑豆习惯性地绞着手指，从牙齿缝里挤出两个字。

于洋朝她翻了个白眼，一屁股在一堆乱草上坐下，干脆不走了。此时，太阳退到了地平线下面，黑暗无声地降临，我们被笼罩在野草、杂树和坟茔的阴影里。这里没有小镇上寒酸的霓虹灯，没有窗户里透出的暖色灯火，没有令人厌烦的大人的絮叨，当然，也没有杨太君。我和雀斑豆对望了一下，于丽伸手拍了拍于洋的肩，现在，连吵架的劲儿都没了。我们在沉默中达成了默契——坐下来吧，既然谁都回不去了，那就死抱在一起，并肩做个英雄。

饥饿让我们暂时忘却了身处何处。我们席地而坐，喝着汽水，吃起了带来的饼干、面包和火腿肠。在骷髅坡的野餐别有风味，四个人围坐在一起，吹着夹带水汽的热风，嗅着混合着青草香淡淡野花香的空气，在一群蚊蚋的攻击下，我们一边用力驱赶那些讨厌的家伙，一边聊起了一些只有在这个特殊环境里才会聊的话题——我敢打赌，离开了今夜骷髅坡的环境，我们谁也不愿意再提起这些。

　　"对不起，"于丽首先挑起话题，她当着我们的面向于洋道歉，"我以后再也不欺负你了。"

　　于洋的眼睛看着别处，避开于丽的眼神，他像是在对于丽说又像是在对自己说："和你没有关系，没有昨晚的事，我也会这么干的。"

　　我忽然有些理解于洋，他是班上最娘娘腔的男生，记得有一次打预防针，他居然疼得眼泪哗哗的。别说于丽，连最娇弱的女生也敢欺负他。当着全班的面痛哭次数最多的女生是雀斑豆，男生就数于洋。所不同的是，雀斑豆是大声地哭，于洋是无声地哭。我想，他这么说，雀斑豆应该感同身受吧。

　　"我得向你学，我也要改变自己，以后再也不做泪包了。"雀斑豆严肃地点头，同意于洋的话，"其实我的内心挺勇猛的，不信你们问冰棍。"冰棍是我的绰号。

　　"是啊，雀斑豆敢在纸上和杨太君厮杀。"我开玩笑道。其实，听着他们的话，我忽然有些伤感。也许每个人都想做另一个自己吧，不管能不能做到。我想做怎样的自己呢？像于丽那样活得自由，不一心只做乖顺的好学生，偶尔说说小谎，偶尔出格，偶尔逃课……

　　"你呢？你想做怎样的自己，于丽？"我问她。

　　"真没好好想过，"于丽挠挠自己的板寸头，低声笑笑，

"其实，我觉得美珍那样挺好。"美珍是班上最妖娆的女生，每天换衣服，用卷发棒给自己卷刘海，走路喜欢扭动胯部，说话用气声。

"美珍……哈哈，你说美珍……"雀斑豆指着于丽大笑起来。我们都笑了。

这时候，我们暂时忘却了正身处骷髅坡，身后杂草如群魔乱舞，磷火如萤火虫一般在半空里游弋，远处传来若有若无空洞的狗吠……其实，恐惧一刻都没有离开我们，我们彼此倚靠着，从来没有如此亲近过，努力释放着心声，借此打消心中的战栗。

"我保证再也不当着别人的面哭了。"雀斑豆发誓道。"我保证不打你了，于洋。"于丽说。"我保证拿出男孩子该有的样子来。"于洋说。"我保证说服妈妈把奶奶接回来。"我想了想，说。两个月前，奶奶和妈妈闹别扭回了老家，以前，我从来不敢干涉大人的事，但这一直是我的心病。

"其实，所有可怕的事情都是人臆想出来的。"于洋四处张望，轻声说了句。我们知道他现在正在自我安慰，在努力战胜恐惧。

我们挤得更加近了。

"不如睡觉吧。"于丽建议道。是的，睡吧。睡着了，就什么都不知道了。我以为睡不着，意识却不知不觉恍惚

起来。蒙眬中，感觉到身体被某种力量推搡着，我想醒来，想爬起来，手脚却怎么也动不了，魇住了一般。难道是鬼魂？可是，不容我思考，更重的黑暗压住了我。我看见了奶奶，她抹着眼泪提着行李离开家的样子，我和爸爸去车站送她，奶奶和爸爸一直叹气。车站上有个女人，背影很像妈妈，烫了头，连穿的衬衫妈妈也有。但她不是我妈。奶奶瞥着那个女人，眼神很复杂，复杂得叫我难过。

　　我时而睡去时而醒来，迷糊中，感觉到手臂被雀斑豆紧拽着。骷髅坡的夜晚一点也不宁静，蟋蟀的鸣唱，不明鸟类凄厉的哀嚎，小虫子爬过皮肤时带来的心脏悸动，雀斑豆梦中急促的呓语……我感觉自己睡在一叶漂浮的小舟上，起起伏伏，漂漂荡荡，随时都可能颠覆。天亮？什么时候才能天亮？只要天亮，一切都会光明起来吧，连同我那杂草丛生的晦涩的心思。

　　不知道过了多久，我从睡眠的河流里挣扎着醒来。天边的第一缕霞光催我睁开眼睛。我想了好一会儿，才确认自己现在何处，确认自

己还完好无损地活着。一只肥胖的麻雀在我视线对面的坟头上一跳一跳，它转动着滴溜溜的眼睛，观察着我们这几个睡得满头乱发横七竖八的半大小孩。空气里含着露水，很淡很淡，白色的水汽在河面上漂浮着，坟头上的经幡丛林此刻仿佛静止了，它们背衬着淡紫色的晨光，居然美得让人惊叹。

我还在迷糊中神游，身边的于洋已经兴奋地跳将起来，欣喜若狂地喊道："天亮了！嘿！天亮了！"

于丽和雀斑豆被他喊醒了。她们揉着眼睛坐起来，当意识清醒以后，我们四个人满心欢喜地互望了两秒钟，我们都从对方眼里读到了什么——什么都没有发生，骷髅坡的传说和真实毕竟有很大差距。而我们昨晚彼此间说的话，谁都没忘。

半个小时后，我们已经离开骷髅坡，坐上了回镇上的班车。我们四个人前后挨着坐，表情都显得很庄重，经过这一夜，仿佛都成熟了许多。我向车窗外望去，不远处经幡招展的骷髅坡看起来一点都不可怕，倒显出几分凄楚的美。我忽然有些后悔，在那里时，没有仔细看看墓碑上的字，那上面的每段碑文都该记述了独一无二的故事和怀念吧。

我们要承认有阳光照不到的地方。但阴影的存在，并不影响春日无所不在的暖意。

正如坦荡的心灵也会藏有不愿示人的秘密。拥有秘密，有时候令人窃喜，有时却带来隐秘的痛楚，也有时，它会转化为激励成长的动因。

所有的情感中，最重、最牢固的应数亲情——与生俱来，无法改变。它是你的生命密码、遗传基因。可亲情，却又往往是最容易疏离和隔膜的感情——因为含蓄而耻于表达，因为无法分割而肆意嘲讽。学会爱，不仅是孩子的功课，也是大人的功课。

很多成年后的人回忆童年，无不悲哀地发现，所有的童年隐痛都会牢固地焊接在你的生命底色里，永远无法摆脱。

第十二个故事
侧耳倾听

> 侧耳倾听／明天／尚且不能听见／流入今天的／
> 小溪的欢歌
>
> ——谷川俊太郎

一

六月的第三个星期日即将到来的时候，我提议在教室里布置一面"父爱墙"——贴上班里每个孩子和父亲的合影，配一段亲情文字，这也是一种别致的向父亲祝贺节日的方式吧。

这个提议得到了孩子们的附和。照片和配文陆陆续续交上来，每张合影、每段文字都独具个性，放在一起看，又想流泪又想笑。到了最后的截稿日，班长文君告诉我："唯独史凌没有交，催过她几次，她总是支支吾吾，不明所以。"史凌是我的语文课代表，我对文君说："我会亲自问问她。"

我翻看了史凌的学生登记卡，父亲一栏含糊地写着她父亲的职业：工程师。几天过去了，我一直没有想好如何开口和史凌谈这件事。在这些十四五岁的孩子身上，除了残存的童年的天性，渐渐开始萌发另一种看不见的力量。

有人说，这个年龄的孩子是"可怕"的，因为，他们会一夜之间在大人眼里变得陌生。和童年时相比，他们变成另一个样子，一看到大人就会沉默、一声不吭，但心里却在慷慨激昂；他们悄悄地对很多东西不屑一顾，并且，会像刺猬一样竖起全身的刺，要么，就如软体动物一般，以柔弱的姿态来武装自己。直觉告诉我，史凌一定有自己的理由，任何一种轻率的询问都会在无意间伤害到她。

星期一的下午，史凌像往常一样来办公室交收齐的周记本。她放下一摞本子，正要离开，我装作忽然想起的样子，随口问道："马上要布置父爱墙了，我刚发现，里面怎么没有你和父亲的合影呢？"

史凌停住脚步。她是背对着我的，听见我的话，慢慢垂下了头。她似乎有些慌乱，磨蹭着，用手拨弄衣角，既没有回答，也没有表现出拒绝的样子。我站起身，走到她身边，问："有什么难处吗？"她不吱声，只是缓缓转过身，眼睛注视着地面，欲言又止。

我拍拍她的肩膀，故作轻松道："没事，不交也没关系的。"一低头，却见她的眼睛渐渐潮红起来，嘴唇嚅动着，像是在花很大的气力和自己做着争斗。

"来吧，坐下来。"我拉过一把椅子。她顺从地坐下来，眼睛依旧不看我。

"是不是……爸爸妈妈离婚了？"我小心地问道。

她摇摇头，把头埋得很低。

"那是……"

过了许久，她才轻声说道："我……没有和爸爸的合影。"

"从来没有照过吗？很多人都没机会合影的，或许……可以补照一张。"我说。

"有过一张……但被我撕了……"史凌咬着嘴唇，挤出一句话，"我也不想补照。"后面一句，她说得很坚决。隐隐感觉到周围的空气无声无息地沉降下来。她终于抬头看我，泪光闪动的眼睛里，混合着我看不真切的表情。

二

"其实，我最喜欢翻看老相册了。"史凌说。

"尤其是在百无聊赖的时候，我会打开书橱的柜门，从里面取出一本一本厚相册，坐在地板上翻看。相册里最多的，是我小时候的照片。我的满月照，周岁照，入学照。在公园的草地上独自哭泣的，骑小自行车的帅气照。被妈妈抱着的，站在外婆膝盖上的，和妈妈并肩坐在公园长椅上的，和外公外婆一起站着合影的……唯独没有和爸爸的合影。这一点，之前我一直没有意识到，直到上小学四年级的时候。

"但这并不是最难熬的。

"最难熬的是和爸爸的独处。妈妈不在家的时候，我会浑身不自在。并不狭小的空间会被无形中压缩，憋得我透不过气来。我紧张得微微发抖。因为我依稀想起很小很小的时候，有一回，也是妈妈不在家，我坐在床上玩耍，不知怎的，让爸爸不乐意了，他一脚把我踹下床。我哭了，哭得很大声，我的哭声令他更加烦躁。他一把抓起我，像提溜小猫小狗一样，把我夹在胳肢窝里，打开了门。恐惧的预感裹挟了我，我知道，爸爸是嫌我的哭声太吵，要把我夹到地下室去尽兴地暴打一顿。我更加撕心裂肺地痛哭起来，拼尽力气地在他胳肢窝里挣扎。恰巧，楼上的邻居叶奶奶从外面回来，我紧紧抓住叶奶奶的胳膊，哭道：'救救我！救救我！'接下来的场景，我记不清晰了，毕竟只有两三岁，所记得的，只是极其强烈的灭顶一般的恐惧感。我不记得叶奶奶是否救下了我，这一切又是怎样收场的。但和那种孤独的绝望感相比，皮肉之痛都不算什么。我忽然发现，疼痛感是不能确切地被回忆起来的，能回忆起来的，只有那种心灵上的感觉。老师，你说这是不是很有意思。

"小学一年级，我忘带作业本，心急慌忙奔回家去取。到了家门口，我陷入了另一种绝望——钥匙忘带了。我知道爸爸在里面午睡。情急之下，只好大声敲门。过了许久，

听到里面的响动，门开了，门后站着睡眼惺忪满脸愠色的爸爸。'干什么！为什么不带钥匙！'他大声吼道，因为搅扰了他的好梦，我在他眼里成了一颗讨人嫌的老鼠屎。我被他的斥责声吓得瑟瑟发抖，也是第一次看到一个男人暴怒的样子有多么可怕。可怕的不仅是他的声音，那声音撕裂了午后沉闷的空气，如同一把重锤猛地击打在我的心上，可怕的还有他的样子——他腿上的肌肉因为愤怒而紧绷、震颤，那里的肌肉在积聚着力量，足以把我踩成肉泥的力量。我拿了作业本，落荒而逃。整个下午，耳边都回响着爸爸的那一声斥责，浑身发冷。

"现在，你能理解我为什么和爸爸单独出行会感到不安吧？"

说这些话的时候，史凌的眼泪一直在无声地往下掉。她说着话，内心却闷在一种无处诉说的苦闷里。我在吃惊的同时，心底也涌起一阵阵的歉疚。我在无意中让她去揭开不愿提及的伤疤，但是，揭开伤疤，却未必能疗治伤口的痛楚。

三

"爸爸要带我去春游，虽然有一千个不情愿的理由，我却不能拒绝。我从来没有拒绝过大人，这成了一种习惯。况且，拒绝的理由是无法说出口的。

"我们乘着旅游巴士到了目的地。看塔、看庙、看湖。爸爸的同事们夸赞我懂事、听话、功课好，爸爸似乎也很受用。可我心里却结着一个小疙瘩。我和那些同行的小孩不一样，他们多半天真烂漫地和自己的爸爸勾肩搭背，坐在爸爸腿上撒娇。我却始终和爸爸肩并肩走，中间隔着不远不近的距离。爸爸从来没有牵过我的手，我也不知道挽着爸爸的手走路是什么感觉。可我羡慕那些在爸爸面前撒娇的女孩，羡慕到讨厌她们，讨厌她们搂爸爸的脖子，讨厌她们的爸爸当众亲吻她们的脸蛋。我别过脸去不看她们。

"我们走到了一处古老的宅院门口，高大的门楣，雕龙盘凤的影壁。大家轮流站在影壁前合影，爸爸的同事热情地招呼我和爸爸过去。我和爸爸背对影壁站着，中间隔着不远不近的距离，这距离是自然而然保留着的，谁也没有刻意。午后的阳光依然刺眼，炫得我不得不眯缝起眼睛，把脸稍稍偏向一边。还没来得及整理好自己乱糟糟的情绪，咔嚓，快门按下了。

"不久，爸爸带回了我们的合影。这是我出生以来和爸爸唯一的合影。我拿过照片，看了一眼，马上藏起来了，甚至没有看第二遍的勇气。照片上的我和爸爸都太丑了！

我俩的身体各自朝向一边，爸爸皱着眉头，嘴巴撮成一团，
似乎正要开口说话。我呢，眼睛微闭着，似笑非笑。两个
人脸上都是猥琐、尴尬的表情，好像不是一对父女，而是
两个不相干的人，硬把他们扯在一起，被迫地合影了。

"我把照片夹在照相簿里，并且回头翻看相册，一边看，
一边心里涌起无边的委屈和难过。为什么就没有一张爸爸
抱着我的合影呢？我的爸爸像别的爸爸那样爱过自己的孩
子吗？偏偏，终于有了一张合影，却是这么丑陋！我把相
册扔在一边，努力把这种情绪从内心驱逐出去，时间一长，
似乎真的忘记了。直到这次，听说要布置父爱墙，我心中
一紧。回到家，重新去翻找那本照相簿，却怎么也找不到
那张合影了。我想了很久，才回忆起，在初一那年的暑假，
某个憋屈倒霉的日子里，我在翻看照相簿时，把那张看不
顺眼的合影顺手撕了。我想撕去的是照片上自己和爸爸难
看的形象，却没有想到，这是迄今为止我和爸爸唯一的合影。

"老师，我没有办法交出你布置的作业。我真的很丢脸。"
说到这里，史凌的声音越发地低下去，"这些想法我没有对
任何人说过，包括我妈……"她哽咽着说。

我的心里五味杂陈。面前的这个女孩对我说出了不愿
示人的隐秘，竟让我有一些慌张。我没见过史凌的父亲，
来开家长会的一直是她的母亲。她的母亲随和、健谈、朴素，

总是面带微笑，是有教养的知识女性。如果不是史凌的讲述，怎么会想到她母亲的婚姻其实也是差强人意的呢？又怎么会想到，这样一个外表柔弱的女孩子内心却涌动着那么多的泪水？

我沉默了。

"我会试着帮你。"我最后对史凌说，"如果你相信我。"但此刻，我头脑里一点主意都没有，说出这句话，全然来自我做教师的本能。

女孩抬起头，第一次正视我的脸，她翕动着嘴唇，想说出"谢谢"两个字，但最终什么也没有说。

"'父爱墙'取消了，"我说，"换一种形式，能不能给你父亲写一封信，说出你藏在心里的话？"

史凌吃惊地望着我，用力眨了眨眼睛。她犹豫了一会儿，点点头。

四

听说要取消"父爱墙"的布置，文君很意外。"老师，为什么呀？"她追着我问。

"最近有校容检查，墙上布置这么多照片，未免显得凌乱。我们不拖后腿了。"我找了个借口。

"那……父亲节活动怎么办？"文君问。

"要求每个人给父亲写封信吧。感恩父爱，只要目的达到了就行，况且，写信还能说出嘴上无法表达的心里话呢。"我说。

当我在班上宣布这个决定时，底下一阵唏嘘。孩子们在悄悄地抱怨，快要期终考试了，偏偏要多出这么一项不是作业的作业。

我当作听不见，笑笑说："给父亲写信，可比写作业有意义得多。不信，将来见分晓。"

话音刚落，就有人稀稀拉拉地鼓起掌来。带头的是坐在后排的高个子男生韦荣生。我想，他鼓掌，未必完全领会我的意思。他是为"比写作业有意义得多"那句话鼓的掌。

隔了两天，在班会课上，文君给每个人发了一个特制的信封，每个信封上都贴有一枚"父亲节"粘纸。大家写好信封，把信笺塞进去，

再由文君统一投送到校门口的邮筒里。

在整个过程里，我一直留意着史凌的表情。她始终是若无其事的样子。我看着她开信封，看着她把信笺折叠好，塞进信封，用胶水封口。我用眼睛捕捉她的目光，但她似乎有意无意地躲避着我。

放学了，史凌急匆匆地收拾书包，从课桌后站起身来。经过讲台的时候，我叫住她，轻声问道："信写得好吗？"她低下头，没有吱声。

"是不是把你的心里话都说出来了，告诉爸爸，你渴望他的爱？"我追问道。

史凌苦笑了一下，她的表情居然给了我一丝丝的寒意。那是超出她年龄的疲惫感，夹带着善解人意的歉疚感。

"老师，"她停顿了一下，鼓足勇气说，"我一个字也没有写。"

我倒吸一口冷气："这么说，你塞进信封的是一张白纸？"

她点点头："只是一张画片。我一个字也写不出来。对不起，老师。"

我心头一紧，视线从史凌脸上移开，越过她的肩膀，在她的身后扫视。教室里还有些孩子在磨蹭着，他们有的相互低语，有的满腹心事地望着黑板发呆，有的正好奇地

观察着我和史凌的一举一动，有的将身子探出窗外张望着什么……

蓦地，我的脑海里闪过一个荒唐的念头：那些塞进信封的信笺，有多少像史凌寄出的那样是空白的呢？除了史凌，还有多少孩子的心和父母之间隔着望不到边的鸿沟？甚至，连开口说话的欲望也放弃了……

我突然有些憎恶自己的年轻和轻率。

我自得地以为取消了"父爱墙"就能呵护史凌的自尊；以为让史凌写一封信，就能弥合他们父女之间情感的裂缝；以为在孩子幼年期就深深埋下、融入血脉的阴影，能轻易地像灰尘一样被拂扫干净；以为……

此刻，在女孩面前，我这个做老师的感到了深深的挫败感和无助感。史凌善意地冲我微笑了一下，缓缓背过身去，走出了教室。她的背影看上去单薄瘦弱，马尾辫忧伤地微微垂下。我站在原地，感觉眼睛那里一阵阵发热、发酸。

五

这是我初为人师时的一段经历。

那个夏天过后，我便不再执教史凌所在的班级，而是接手刚刚升入中学的一群孩子。偶尔，会在校园里遇见史凌。

她见了我，总是表现出非常友好的样子。我知道，这个女孩从心底里亲近我。或许，只有我，分享了她内心的隐秘，而这个隐秘，连她自己的母亲都未必知晓。可是，我却无能为力，无法切实地帮她。我设想过种种可能，去见见史凌的父亲，和他谈一谈。又或者，我可以婉转地告诉史凌的妈妈，她的女儿内心埋藏着怎样的苦痛。可是，我的话必然会触痛史凌的妈妈，因为母女俩的痛来自同一个源头，我不忍去触碰另一个成年人心头的疮疤。

那时年轻的我还没有明白：那些不懂得爱子女的父母，不是因为他们不想爱，而是很可能他们在小时候就不曾得到过爱，没有榜样供他们学习怎样来爱孩子。我还想明白了：

没有一个人走得出自己的童年，没有什么力量大到足可以改变根深蒂固的童年影响；并且，没有谁可以完美地没有遗憾地活着……

当我意识到这些，我竟微微释然了。我为自己的无能找到了开脱的理由。

转眼，很多年过去了。我一直没有离开那所中学。我有时会想起史凌，那个女孩初中毕业后，我便再也没有和她联系过。

这一年春天，学校建校五十周年大庆，校友们从四面八方回到学校。我被曾经的学生们围住了。好不容易有了单独的时间，我去了一趟洗手间。正洗着手，听到身后有人叫我。回头，看见了一张年轻女子的脸庞，她的鬓发整齐地往后梳，露出小巧而秀气的前额。她看着我，从她亲切的眼神里，我马上认出了她：史凌！和少女时相比，她的长相相差不大。变化的是她的气质，少女时的她胆怯、忧郁，而今却增添了几分欢快和干练。我隐约感觉，这欢快是她希望我看到的。

我们寒暄，她告诉我她读完了心理学博士，目前事业发展得很好。为她高兴之余，我随口问她："结婚了吗？"

史凌摇摇头，语调依然是欢快的："没有。老师，我要结婚很难的。"但是，欢快的语调并不能掩饰一闪而过的落

寞的眼神。

　　我安慰地笑笑："顺其自然。不急的。"

　　她点点头，向我露出心照不宣的笑意："老师，也许只有你能理解我的选择……"

　　我们没有把话题继续下去。又一拨学生跑过来包围了我。我把史凌介绍给他们，他们很快聊到了一起。史凌始终面带微笑，比其他任何一个都显得轻松自然。

　　我在旁边默默地望着她，回想起若干年前，少女时的她向我倾吐心声的一幕，还有我对她无力的帮助。每个人都要独自成长，独自承担。旁人所能做的，只是侧耳倾听。倾听欢歌，倾听烦忧，然后记住，欢笑背后，往往悄悄掩藏着一朵结成花儿形状的伤疤。

　　成长本身就是一场战争，与自己争战，与成人世界争战。相对于弱小的你，成人世界真是庞大强硬。尽管力量悬殊，你又怎能甘心放弃呢？又或者，没有争战的成长本身就是疲弱的吧。哪怕与周遭都格格不入，也宁愿把那些噪声当作背景轻音乐。然后，故作轻松吹着口哨一路向前。

　　不要因做过傻事而悔恨，不要因暂时的迷失而自轻。一路成长，所有的磕磕绊绊都会化作你脚下泥土的芬芳——

第十三个故事
鸡飞狗跳事件

一

星期二早晨，教生物的费老师推开初二年级教研组办公室的门，愣住了。

办公室里一片狼藉。有人撬开了教具柜，把公鸡标本身上的毛拔得一根不剩，还将鸡毛乱撒一气。具有讽刺意味的是，成了赤膊鸡的标本在原处好端端地站着。随着其他老师陆续上班，大家将各自的损失逐一汇总，归纳如下——

物理刘老师藏在抽屉里的教辅书不见了，书里有若干页折角，折角页上的题目刚刚被他用进了测验题。而今天上午就是全年级的物理测验时间，撤回已来不及。

数学田老师桌上的学生考卷被翻动过，但考卷并未丢失。

政治孙老师痛心地发现，办公桌上被谁用刀刻上了一只小猪头，线条粗糙、面目模糊。

语文沐老师观察到墨水瓶盖松动了，昨天还满满一瓶墨水，现在只剩下小半瓶。肯定有人打翻过它，又胡乱擦了。她在脚底下捡到一块不像样子的抹布。

地理何老师的地球仪给扣上了一个干瘪的柳叶圈，酷似他自己"四方支援中央"的盆地发型。

化学周老师的试管里装上了不明红色液体，液体里有黑色漂浮物。她小心翼翼地拿去厕所倒掉了。

英语王老师没有发现任何异常，是唯一的幸免于难者。

老师们经历了短暂的恐慌、焦灼、怀疑与推理，得出一个结论：这只是一出闹剧，和入室盗窃扯不上边，因为大家的财务没有丝毫损失。可是事出蹊跷，办公室的门锁并无损坏，窗户也关闭严实。肇事者是在什么时候、如何进入室内的？他们演出这场闹剧的目的又是什么？

很快，"初二年级教研组办公室被偷袭"的消息传遍了五爱初级中学。学生们面带悦色偷偷摸摸地传播，并且添油加醋，传得神乎其神，俨然半夜里天兵天将降临。而老师们自然是另一番心情，忧心忡忡，如临大敌，火眼金睛四处扫射。身处被怀疑焦点的，首当其冲的是初二年级的每个学生。

二

星期二中午十二点，董一倩、韦顺顺、戴维、赵威廉准时到了林蓓的家，他们的表情都很兴奋。五个人先各自

冲泡了一碗方便面，又分享了几根火腿肠，然后聚在一起说话。

"太过瘾了！"韦顺顺说。

"先别得意，我们会不会留下了什么马脚？"林蓓说。

"应该不会，"戴维说，"走廊里没有探头，他们也不会去请公安局验指纹吧。"

"我们没有做太坏的事。"韦顺顺晃着脑袋说。

"对了，上午的物理测验你们感觉怎样？"赵威廉打断他们。

"感觉好极了！"其余四个人异口同声道。

"先别说物理，数学田老师会不会发现考卷给人改过了？"戴维问。

"不可能，我们偷改卷子的时候他还没有批改呢。"赵威廉说。

"你爸爸回家说什么啦？"林蓓转向董一倩。董一倩的爸爸是五爱初级中学的副校长，负责全校的行政和学生工作，掌管着所有教师办公室的钥匙。

"说要把这群小混蛋给揪出来。"董一倩调皮地吐了吐舌头，身体向后仰去，努力伸长脖子。她业余练舞蹈。

"我们得预想好，如果谁被揪出来了，该怎么办。"戴维说。

"不能互相出卖是前提。"韦顺顺说。

"当然也用不着抵赖，好汉做事好汉当。"赵威廉说。

五个人伸出右手，交叠在一起，重重地往下按了一下，模仿电影里的台词发誓："祸福相依，患难相扶；死生相托，吉凶相救。"

三

星期三上午第二节课。物理刘老师批改完试卷，抬起头对坐在对面的生物费老师说："嘿，真是邪门了！二班老考不及格的韦顺顺居然得了 75 分。"

"嗯，他这次数学测验也得了 73 分，可这考卷上给他涂的呀，以往能考 50 分就不错了……"数学田老师在另一边说道。

"是吗？"其他老师便围过来，欣赏韦顺顺的物理和数学试卷。物理试卷还算整洁，数学试卷上则满是黑压压的修改过的墨水痕迹，看上去触目惊心。

"唔，这绝对不是偶然的巧合！"地理何老师说。

"你的意思是？"刘老师说。

"从韦顺顺入手。"何老师说。

韦顺顺是初二（2）班的学生，找他谈话的任务自然落

到了（2）班的班主任、教生物的费老师身上。费老师是位女老师，工作时间不长，平时说话很腼腆，也特别在意保护学生的自尊心。班里的学生从内心里喜欢她，当然也有调皮的男生故意跟她捣蛋的。

"我去？"费老师显出迟疑之色。

"这次事件中，最惨的可是你啊……你看你的公鸡。"何老师指了指扔在角落里的赤膊公鸡。

这时候，下课铃响了。费老师捧着教案走出了办公室。又过了一会儿，她回来了，身后跟着一个长着招风耳的瘦小男孩。费老师拉了把椅子，让男孩坐在自己旁边。男孩低着头，始终不吭声。

"韦顺顺，老师要表扬你了。"费老师说。

韦顺顺把头抬了抬，眼睛一亮，但很快又把头低下了。

"知道老师为什么要表扬你吗？"费老师问。

"不知道。"韦顺顺说。

"你这次物理和数学测验不但都及格了，而且都还考得不错，数学 73 分，物理 75 分。"

"真的吗？"韦顺顺喜出望外，右手握紧拳头，面朝自己，胳膊肘往下一杵，嘴里叫了一声，"耶！"

刘老师和田老师回过头来，朝他看了一眼。韦顺顺冲他们笑了笑，但很快就避开了他们的目光。

"能告诉我你有什么经验吗？怎么会考好的？"费老师问。

"没什么经验。"韦顺顺摇摇手。

"总结一点经验好，以后还能继续考好。"费老师说。

"真的没有什么经验。"韦顺顺低下头说。

"……"

韦顺顺从办公室出来，就被戴维和赵威廉堵在了走廊上。

"老实交代，费老师怎么跟你说的，你又是怎么说的。"

"我什么都没说。"韦顺顺说。

"那费老师干吗叫你去谈话？"

"因为我考试考得好，痛改前非，老师表扬了我。"韦顺顺仰起脑袋。

"咳，那还不得谢谢人家戴维。要不是他给了你正确答案，让你改了数学卷子，你能得到这分数？"赵威廉在韦顺顺的肩膀上轻轻捅了一拳。

"别提这个，说正经的。你感觉费老师是不是怀疑谁了？"戴维警觉地问。他一时兴起，拔光了公鸡标本身上的羽毛。他其实一点都不恨那只标本，他也很喜欢费老师，他只是觉得这么做非常有表演性，有一种说不出的痛快。他一直想找点刺激。

在五人团体里面，戴维是成绩最好的，脑瓜也最灵活，

门门功课名列前茅，尤其是数理化。更让人佩服的是，他从不复习，上课看闲书，但每回考试都能轻松应付。他顺理成章地成了五个人的"首领"。

平时，戴维、赵威廉、董一倩、韦顺顺、林蓓经常聚在一起天南海北地聊天，什么都玩，打牌、郊游、爬墙摘花、偷农民养的鸡……该玩的都玩过了，总觉得还缺点什么。对他们来说，越刺激的越好，越有冒险性的越好，当然，还得保证安全。

韦顺顺是五个人里成绩最糟的，十次测验能有一次及格就谢天谢地了。他老爸被各科老师传唤多次，颜面尽失。韦顺顺的父母在他三岁时离婚了，从此他偏脾气的老爸坚决反对他妈妈来看儿子。从三岁开始，韦顺顺的生活里就失去了母亲的影子，他甚至不知道妈妈住在哪里。前些日子，韦顺顺辗转听说妈妈患上了乳腺癌，便央求老爸带他去看妈妈。老爸经过激烈的思想斗争，最后提出用分数来交换。如果能连续三次测验及格，就满足他的愿望。对韦顺顺来说这几乎是天方夜谭。刚刚考过的数学测验，韦顺顺自我感觉一塌糊涂。他把苦恼对其他四个伙伴说了，戴维便想出了这个"偷袭"的主意。

也许他们可以采取更加理性和安全的方式，可是，对这些荷尔蒙分泌旺盛的家伙来说，还有什么比偷闯教师办

公室大闹天宫更具有挑战性的呢？更何况，这项举动还打着"为了友谊"的旗号，多少带上了点"义举"的色彩。

四

"偷袭行动"在星期一数学测验当天计划和实施。董一倩从午睡的副校长老爸的公文包里偷来教师办公室的钥匙牌，五个人以最快速度分头去锁匠那里配好十三把钥匙，分别是预备班、初一、初二、初三年级教研组以及体操房、医务室、广播室、教务处、校长室、副校长室等，然后将钥匙牌神不知鬼不觉地放回原处。下午放学后，五个人藏在校园东面的小树林里，躲过了值班老师检查，等夜深后，悄悄潜入初二年级教研组办公室。首要目的，自然是在戴维的指导下，改掉韦顺顺错误百出的数学测验卷，其他人也顺带改了。然后，五个人在办公室里彻底撒了一回野，拔鸡毛、翻老师抽屉、玩转地球仪、做异想天开的化学实验。做这些，几乎说不出有什么动机，就是想做，并且感到说不出的过瘾、爽！

他们的意外收获，是发现了物理刘老师抽屉里的教辅书。想到星期二上午即将举行的物理测验，戴维英明地判断教辅书里折角做记号的题目可能就是现成的测验题。于

是，五个人放弃了继续在其他教师办公室周游的打算，拿了物理教辅书离开了办公室，聚集到偏缩于教学楼一隅的体育器材室里。五个人，缩在一豆灯光下，分头抄下题目和答案，又由戴维做了一番分析讲解，这才分头回家。他们当然不会走学校的正门，而是从小树林后面的围墙翻了出去，顺手把教辅书扔在了围墙外。那围墙上部有一个缺口，只需下面的人轻轻一托，翻过去并不是难事，对女生也不例外。

"偷袭行动"并没有想象的那般轰轰烈烈，而是有些不温不火。除去一地鸡毛、打翻的墨水瓶，算不上真正的狼藉遍地。五个人的收获是在第二天上午的物理测验中都考出了还算漂亮的分数，而戴维更是独得100分，但同时也让精明的老师们抓住了线索。至于韦顺顺，给老爸亮出了两个及格分，只差第三次测验及格，他就能和差点要忘记相貌的病中的母亲见上一面了。想起来，真是按捺不住的激动。

五

但好时光转瞬即逝。星期四一大早，戴维被叫到了校长室，坐在对面的，正是董一倩的爸爸，还有一个就是班主任费老师。

"老师们都很看好你，你聪明、机灵，在数理化方面很有天赋。我还特别喜欢你的一个优点——讲义气。"董副校长说。

这话戴维爱听。

董副校长继续说："但有时候，就因为讲义气，会做一些糊涂事。听说你这次的物理考了100分，同时还带动了你周围的几个好朋友。"

"赵威廉95分，林蓓97分，董一倩98分，连一向不及格的韦顺顺也考了75分。"费老师补充说，只是在提到董一倩的名字时，声音有意地放轻了。

戴维不说话，也不朝老师看。

"而且，你们几个的数学测验也得到了高分。唯一的遗憾是，除了你，其余四个人的数学考卷都有明显的涂改痕迹。"费老师继续说，声音很低，也听不出有什么激烈的情绪，但话里分明有话。

　　"讲义气当然好，不过，有时候，这样做未必真的对你的朋友们好。"董副校长说，"董一倩虽然是我的女儿，但是如果她做了错事，一样要对自己的行为负责。"

　　"我真的没什么可说的。"戴维第一次抬头看了一眼董副校长和费老师，"如果没有别的事，我想回去上课了。"说完，他伸直了原先佝偻着的身体，从椅子上站了起来。

　　一出校长室的门，戴维就狂奔起来。

　　早自习还没结束，赵威廉、林蓓、董一倩和韦顺顺一见戴维回到教室，互相交换了一下眼色，但是吉凶未卜，他们仍不能放下心来。直到第一节下课，五个人才悄悄躲到小树林里交换情报。

　　"老师们是在用攻心术啊。"林蓓说，"他们已经把目标瞄准我们了，下一个会是谁呢？"

　　"你爸爸可是亲自出马了啊。"赵威廉对董一倩说。董一倩紧闭着嘴，不说话。

　　"他们是在引诱我们，保不定露馅后会给我们什么处分呢。"林蓓插话说。

　　"接下来会怎样？"韦顺顺的脸上露出歉意，"都是因为我，连累了大家……"

　　"别说了。"戴维一挥手，打断了韦顺顺，说，"我们没做十恶不赦的事。大家都别担心了，回去上课。"

于是，五个人再次伸出右手，交叠在一起，重重地往下按了按，重复了那段誓言："祸福相依，患难相扶；死生相托，吉凶相救。"

六

初二年级教研组办公室里，老师们一筹莫展。

"明摆着就是戴维他们一伙干的，这事情不查个水落石出，以后还会层出不穷。"地理何老师义愤填膺，他有在课堂上用粉笔头瞄准学生，百发百中的本事。遇到这类事件，同样是非分明。

"我们不能轻易地怀疑学生，因为没有证据。"费老师说。

"你这是在袒护他们，难道就因为董一倩是董副校长的女儿吗？"何老师说。

"不是因为董一倩，是因为我们确实没有证据，我们只是在猜测。"费老师反驳他，"哪怕我们心里认定是他们干的，但是没有确凿的证据，一样是白搭。"

"那好吧。以后可不仅仅是你的公鸡标本被拔毛了，总有一天，我们这个办公室会被翻得底朝天。"何老师挥挥手，迈着大步走出了办公室。

政治孙老师望着何老师的背影苦笑了一下，说："现

在我有些神经过敏了，每天上班都要检查抽屉是不是被翻过了。"

"我也是，好像得了强迫症，非得把抽屉锁上才敢离开。"化学周老师附和道。

"你们别争了。我看，此事自会水落石出。"物理刘老师笑眯眯地从座位上站起来，走到费老师身边，慢条斯理地说，"虽然我也是受害者，连出的题都让这帮孩子给破了，要说颜面扫地的，是我。不过，我倒也不生气，至少，他们花了心思，背了这些题目，并且都做对了，就连韦顺顺也考了七十多分。反过来想，这还是一件好事。"

"好事？"费老师一脸惶惑。

"我同意老刘的话，"田老师在一旁道，"他们为什么要改数学试卷？最终是为了改错，想得到好一些的分数。本质的动机还是好的，只是采取的方式错了。"

费老师点点头："可是，你们想过没有，他们是怎么做到不撬门而进入室内的呢？"

众老师不得其解。

七

董副校长回家的时候，董一倩正在房间里上网。

"倩倩，我有话问你。"爸爸说话直截了当。

董一倩关了电脑，乖乖坐到爸爸面前。

"我今天和费老师一起找戴维谈过话了。"爸爸说，"听费老师说平时你们五个人经常在一起玩。"

董一倩不作声。

"我记得星期一你没有回家吃晚饭，你告诉妈妈说是同学生日聚会，我们睡了你才回来的。"

"是的。"

"那天是谁的生日？"

"是……韦顺顺。"

"韦顺顺成绩很差，你们怎么老和他混在一起？"

"他很有趣，特会搞笑，还会跳街舞。而且，他很可怜，见不到妈妈……"

"那你老实告诉我，星期一半夜里的'偷袭'事件和你们有关系吗？"

"……"

"老师们凑在一起，没花多少脑筋就已经推理出是哪几个人干的好事了。这些家伙自以为聪明，其实蠢得很。"

"……"

"如果你还是我的女儿，你还在意我这个爸爸，就跟我说实话。"爸爸俯下身子，放低了声音。

"……"

"其实，我并没有觉得事情本身有多么严重，如果不能敢做敢当，反而显得很猥琐恶劣。"

"好吧，我承认，是我们干的。"董一倩说完，用牙齿轻轻咬住嘴唇。

"你们没有撬门，难道是用钥匙进去的？可钥匙牌我一直没有离身啊。"

"我趁您睡午觉时，把钥匙牌偷拿出去，我们分头去锁匠那里配了一套……"

"你！"爸爸霍地站起来，快速地在房间里走来走去，努力在平息自己的怒气。

董一倩坐在原处，出了一层冷汗，心里有坍塌的感觉。继而，她不争气地哭了起来。

"都怪我。"晚上，董一倩躲在房间里偷偷给戴维打电话，"我全都招了。我爸爸他们什么都知道了。"

"你爸爸会大义灭亲吗？"

"肯定会，我了解他。"董一倩说。

"那就只能听天由命了。"董

一倩听见戴维在电话那头长长地叹了口气。

八

　　星期五一早，五个人心情沉重地来到学校，等待着随时可能来临的发落。可是，一天过去了，动静全无。费老师来到班上，也没有提起半句，就好像什么都没有发生过一样。至于班上的同学，除了在前两天兴致高涨地议论过这事，几天过去，也失去了新鲜劲，不再提了。

　　一天居然在平静中过去。

　　放学后，五个人聚到一起时，心乱如麻。

　　"我去向费老师坦白吧，都是因为我才这么做的，我把所有的责任都揽下来。"韦顺顺一副罪人的模样。

　　"咳，用不着你这样。"林蓓白了他一眼。

　　"难道你爸爸没有跟费老师说？"戴维忧心忡忡地望着董一倩。

　　"我也不知道。"董一倩摇摇头，"昨晚爸妈数落了我一通，让我自己主动向费老师交代，然后就该是政教处来处理了。但我实在开不了口。"

　　"那到底你爸爸会不会公开真相，你是他女儿啊！"林蓓急了。

"我们该怎么办？交代还是不交代？"韦顺顺环顾着其他四个人。

"说实话，这事真烦人。"戴维说，"刚刚干完那会儿，我兴奋得简直想飞到天上去，可这会儿，觉得这事一点意思都没有。"

"我也是。"赵威廉说，"可要我们主动去交代，实在不甘心。"

"他们会把我们怎么样？偷改试卷，偷袭教师办公室，还偷走了物理测验题，这罪名可不小……"林蓓带着哭腔说。

董一情始终一言不发。她感觉到其余四个人在观察她、揣测她。过了一会儿，董一情开口了："你们放心，无论发生什么，我和你们一样，逃不了。"

五个人沉默下来，开始掂量事态的严重性和可能的进展，但五个人各自的心情并不一样。

"总得做个决定，我不喜欢拖泥带水。"戴维打破了沉默。

"我们发过誓，祸福相依，患难相扶。无论有什么事，大家一起扛。"董一情说，"我可不怕。"

林蓓点点头："说实话，想到马上被抓住，我还觉得挺刺激的。"

韦顺顺哭丧着脸，说："都怪我，这下，我不但见不到妈妈，还会招来老爸的一顿暴打。"

赵威廉拍拍韦顺顺的肩膀，挤出一丝笑容说："说不定没这么糟呢。"

"好吧，我们现在去找费老师。"戴维最后做出了决定。

其余四个人相互对望了一眼，点点头，跟着戴维一起往回走。

初二年级组教研室在四楼。五个人上楼时，正好排成一溜，脸上多少带点"赴死"的悲壮。星期一夜里，五个人也是从同样的楼道上蹑手蹑脚地走过，在那一刻，他们谁都不曾想过会有现在这一刻。

四楼到了。戴维走在前面，抬手敲了敲办公室的门。

"进来。"是费老师的声音。

戴维推开了房门。

意外的是，所有的老师都坐在里面，董副校长居然也在。见到五个孩子，老师们抬起了头，奇怪的是，他们的表情并不严肃，更谈不上愠怒。费老师和刘老师的脸上甚至露出了微笑，仿佛眼前的一切均在意料中……

　　一个人随着阅历的增长，自然会对人生拥有越来越多的了解；一个阅历丰富的人，看待生活看待自己的目光也会逐渐变得深刻而宽容。你所有的经历都会潜移默化转化为心灵的财富，因此，倘若以哲学的目光去看待生活中无奈的遭遇，会让你的痛苦获得慰藉。

　　就像面对死亡的态度。生离死别是人生中永恒的主题，或早或晚都会与之相遇。既然逃不开，就要勇敢地面对它。唯一要做的是——少留遗憾。

第十四个故事
回家的路

一

从秋枫公寓出来，天又是一副要落雨的模样。正是阵雨频繁的春季，身上的衣服也是潮润润的，仿佛能拧出水来。

丹露淋着樱花雨慢慢往前走。说是樱花雨实在是有些夸张的，这个城市里很少见到樱花，秋枫公寓里却栽了十几株，如今，花都盛开了，一堆堆，一层层，浮云般白里透着红。风一来，就卷下一阵轻盈的樱花雨，有那么几片掉在了丹露的肩上和头发上。

樱花这种花是很奇怪的，尽管开得烂漫，却难以让人产生欢快的心绪；它圣洁的颜色往往令多愁善感的人又生出几分凄愁。所以，有时候，丹露甚至害怕看那头顶的樱花。

半年前，和丹露一起去秋枫公寓的还有妈妈。那时候，樱花还没有盛开，院子里做保洁的阿姨告诉妈妈，再过半年，樱花就开了。妈妈听了，眼里现出复杂的神色，"半年？"妈妈有些懵懵懂懂地问道。

"半年，快了。"

那时候，丹露还蒙在鼓里，三天两头跟妈妈赌气，觉得自己是天底下最委屈的人。丹露的委屈似乎是有道理的，

她从 9 岁起患了一种名字很可怕的病，当别的孩子到处嬉戏时，她却只能躺在床上看着窗外的天空发呆，天马行空地想象自己是一个被巫婆囚禁在高塔的公主。即使是上了学，也是一边上学，一边治疗。丹露的童年记忆里飘满了呕吐物的酸腐气息。

丹露能活到 16 岁真的不容易。有一次，她听见邻居背着她轻声议论："这个小姑娘生命有限……"她居然没哭，一扭身跑回家，把弟弟正在玩的积木全都捋到地上……丹露 10 岁那年，有了弟弟。别的同学都没有弟弟妹妹，只有丹露有，就是因为她"生命有限"吧？因为弟弟，丹露心里仿佛有了一个结。去年的夏天，父母带小弟去云南旅行，却没有带上她，丹露的不快在脸上整整写了一个月。十多岁的丹露，心灵好像裸露着，哪怕稍微被人碰一下，也会痛、会凉。

于是，妈妈对丹露说话总是很小心，好像亏欠了她什么。看着妈妈小心翼翼的神色，丹露也会隐隐内疚。她知道自己总是阴晴不定，常常的，前一秒钟还是笑嘻嘻的，转瞬间就会"变脸"。发泄完乱糟糟的情绪后，又暗暗后悔自己的不理智。可她控制不住自己，她的情绪仿佛不是她的，而是被一只无形的手掌控着。

但她极少哭，在那件事情发生以前，她从来不知道自

己会有那么多的眼泪。

二

住在秋枫公寓的那户人家姓楚，妈妈是楚家的钟点工。妈妈下岗后一直在楚家帮忙，有三年了吧，据说楚家对妈妈很不错。楚家的男主人是一家出版社的编辑，女主人是画家，他们有一个在上小学的儿子，叫楚天。

三天前，丹露接到楚家的电话，请她去做楚天的家教。电话里是很柔美温和的女性的声音："丹露，我们知道你的功课很好，所以想请你做楚天的家教，不知道可不可以。"对方用商量的口吻说，并且没有提到妈妈。丹露愣了一下，

转而答应了。去楚家前，爸爸没有忘记再次提醒丹露，楚家一定是看在妈妈的面上，为了减轻他们家的经济负担，才请丹露去做家教的。

"人家虽然没说，但是我们心里要有数，要感激人家，你一定要好好教啊。"爸爸说。

　　丹露猜测妈妈一定在楚家面前说了不少关于自己的事情。半年前，妈妈突然提出要带丹露去楚家，说是楚家人想见见她。丹露有些别扭，说是不愿意见生人。妈妈好说歹说她才同意。算起来，那是丹露和妈妈最后一次单独出门。

　　从家里到秋枫公寓不过几站路，但要步行的话，至少要花上一个小时。为了节省车钱，妈妈每次都是步行去的，带丹露去的那一次却是坐车的。丹露自己也不明白，那次去楚家的情形怎会记得那么清楚，甚至连路上看到的景致都一一记住了。

　　形状秀美的黛山，在这个城市的任何角落都可以眺望到。去秋枫公寓的 9 路公交车就是绕着黛山开的，上次去的时候，丹露透过车窗看到黛山上层林尽染，秋天的山，丹露还是头一回注意，同样是秋天的叶子，黄得却不一样，有的是棕黄的，有的是金黄的，有的是嫩黄的，还有的是褐色的，那些相似的颜色混杂和过渡着，很有些苍凉的美。那些一排排同样秀美的建筑，衬着山，是一些卖时装和时髦玩意儿的小店，还有素雅的茶庄和格调暧昧的咖啡馆。这一带恐怕是这座城市最美丽优雅的地方了吧。秋枫公寓的确是占尽了地利。

　　那天在楚家，丹露几乎没有说话。楚家的女主人很和气，不停地递东西给她吃。丹露不好意思吃，只喝了一小口饮料。

出来的时候，是女主人送出来的。丹露不经意地看到她的眼睛居然有些潮红。当时丹露很纳闷，现在想想，似乎明白了一点。

也就在半年多前，妈妈常常说她的右手臂很疼，抬不起来。家里人没有太在意，都以为是做家务时不小心扭伤了。很多天过去了，那疼却越来越厉害，疼得妈妈整夜睡不着觉。不得已，才去了医院。从医院回来，妈妈却是若无其事的样子，对丹露和弟弟说，她要做个小手术，医生说没关系的。可那天夜里，爸爸妈妈房里的灯却一直亮着，丹露隐约听到有哽咽声断断续续地飘来，只当是在梦里。

没过几天，妈妈说要带丹露去秋枫公寓。从秋枫公寓出来，丹露执意不肯坐车，母女俩是走回去的。路过时装店，妈妈很固执地给丹露买了一件 200 元的毛衣，这价格对妈妈来说是天价，200 元，相当于他们全家半个多月的菜金了。毛衣买下了，丹露很心疼，妈妈却显得大大咧咧。

她们沿着路边走，每经过一家店，妈妈都要带丹露进去逛一逛，于是，一个小时的路走了两个小时。中途经过一个街心花园，妈妈说要歇一歇，丹露就挽着她坐到了一张石凳上。看得出来，妈妈很想对丹露说些什么，但妈妈是个不太会表达的女人，只是反复说自己没有把丹露照顾好，说得丹露很不自在。妈妈这样的表达，丹露并不习惯。

对于妈妈，丹露一直存着又爱又恨的感觉。爱，是因为感激妈妈小时候对自己无微不至的关照；恨，是妒忌她对小弟的偏爱。上了中学，丹露跟妈妈的话越来越少，尤其是直白地表达感情的话。她的话都对日记说了。

"你怪妈妈吗？"妈妈问丹露，可能是为了减轻疼痛的缘故，她将身体尽量前倾，表情有些不自然。

"唔，不……"丹露并没有说真话。父母带小弟去云南旅行这件事，丹露心里还记恨着。

"是因为你的身体，我们不敢带你走得太远。"看来妈妈明白丹露的心思。

其实，丹露自己也不明白那些不如意究竟是为了什么。那一阵，丹露对一切都充满迷茫和不满意，大人的话听来都很虚伪。媒体上一宣传模范人物，她就嗤之以鼻，是真的吗？他们那么做的动机是什么？迷惘啊，迷惘，不在十六岁爆发，就在十六岁里灭亡……丹露在日记里振振有词。

她们在石凳上坐了一会儿，妈妈说冷，又站起来继续朝前走。刚走两步，妈妈从后面叫住丹露。丹露回转身子，妈妈退后两步，认真地看了丹露一眼，眼里流露出一抹忧伤的神情。

"丹露，你越发长得好看了。"

丹露垂着眼皮说："是吗？"

丹露觉得，今天妈妈的言行都怪兮兮的，和往常总有些不一样。没过几天，丹露就明白了其中的原委。

<h2 style="text-align:center">三</h2>

妈妈接受了手术，手术的结果是：乳癌晚期。这个结果是爸爸打电话告诉丹露的。丹露长久地拿着电话，一动也不动。长这么大，丹露第一次体会到，原来身体真的会有被掏空的感觉，眼泪是在一瞬间流满脸颊的。

已经过了中午，丹露离开电话亭，一个人穿过空荡荡的操场，仿佛走在空旷的沙漠上。丹露已经看到了不远的将来，她心里明白即将到来的是什么，是深刻的惶恐和失去。纵然对妈妈有千般不满，也抵不过血肉相连的母女亲情啊！

那几天，丹露脑子里涌满了母亲曾经对她的"好"。

小的时候，是妈妈背着她风里来雨里去地求医问药；上小学了，也是妈妈每天蹬着自行车送她上下学；就连每天的午饭，都是妈妈亲自送到学校来的。那时候，丹露和妈妈几乎无话不说，只是在这几年，和妈妈的关系才变得微妙起来。

这种变化是什么时候开始的呢？丹露也记不真切了。

看到班上的女生一件接一件地买名牌服装，看到那些学习并不比她强的同学攀比着父母的官职，当他们炫耀地议论着刚刚跟父母去过哪家时髦餐厅，丹露的心里的确是划过隐隐的不快和羡慕的，并对自己的父母生出令自己颇感歉意的不满。丹露最羡慕的是荞，荞有一位著名的母亲，她的妈妈是公众人物，写畅销的书，常常在谈话节目中露面，在屏幕上，荞的妈妈优雅而得体。她来学校开家长会，不但被学生们簇拥，连家长们都要拿出本子请她签名。有这样的妈妈，荞能不幸福吗？当然，所有这些想法，丹露在妈妈面前丝毫没有流露。她们之间只是隔着层道不明的东西，仿佛什么也没有，又仿佛什么都有了。

知道妈妈患病的消息，那层东西不知怎的，就忽然消失了。以后的日子，丹露变得特别过敏，害怕触及和死亡相关的一切。一看到寿品店就绕道走，看到臂上戴黑纱的人就避开，甚至回避着班上的同学小薇，小薇的妈妈就是死于癌症的。

四

出了秋枫公寓，阵雨就下来了。丹露撑开伞，走到雨中。她没有赶路的意思，只想在雨里走走。丹露走的，正是半

年前妈妈与她一同走过的路。

过了一个冬天，公寓外面已是全然不同的景致。万物仿佛是复苏了，围墙上爬山虎的叶子由褐黄色转成了绿色，因为茂密，那绿就显得特别的浓酽。丹露想起来，那天走出秋枫公寓时，妈妈的左手提着楚家女主人送的糕点，糕点盒上缚着的细绳很是精巧，是用艾草的叶子细心地编结成的。丹露曾经想把那盒糕点从妈妈手里接过来，但妈妈不肯，说："我提得动。这盒点心你一定爱吃。"妈妈看起来很高兴。丹露却低着头，没有答话。

在丹露的记忆里，他们家已经有很长时间没吃到这么精美的点心了。丹露甚至想过，假使没有弟弟，或者自己没有生病，他们家的经济状况或许会好一些。

离秋枫公寓一站路的地方，景致就暗淡和破败下去了。走过那些鳞次栉比门面漂亮的小店，再往前走，就是一片坑坑洼洼的工地，四周还散落着一些破旧的矮房子。那些矮屋里都住着人，可能正等待着拆迁，屋子内外凌乱的物件都显出主人随时要走的样子。丹露记得，那天有一对母子坐在院子里，母亲正在给儿子喂饭。那母亲的穿着是土气和廉价的，儿子坐的手推车也是好多年前的旧式样，上面的油漆都斑驳了。母亲一边喂饭，嘴里一边哼着歌子，场面很温馨。妈妈从院门口经过，竟停下，呆呆地看，不

肯挪步了。

"你小时候，妈妈也是这样喂你的。"妈妈对丹露说。

丹露不懂妈妈怎么会变得这么怀旧，一路上，说了不少让她匪夷所思的话。比如，妈妈突然地说，吃多少苦都不要紧，要紧的是爸爸妈妈都在，有双亲的家庭才是完整的家庭呀。妈妈的一些话，丹露当时大多没有往心里去。直到现在想起来，喉头才感到哽住似的难受。

这一回，丹露又经过了这个地方，可那些破房子都寻不见了。他们定是搬到新居里去了吧？半年过去了，那个手推车里的宝宝或许已经会走路了，跌跌撞撞的。丹露想起弟弟学走路时的样子，那模样真的是十分惹人怜爱的。

其实，丹露并不是真的讨厌弟弟。弟弟的到来给这个原先气氛沉闷的家注入了不少欢笑。先前，因为丹露的病，这个家已经难得有笑容了。对弟弟，丹露是怀着复杂的心情的，只是在自己病着的时候，看到弟弟的活力，对比自己的颓败，难免黯然神伤，心中生妒。

谁也没想到妈妈会走得这么快——她终究没能熬到这个春天。得知妈妈的绝症后，丹露曾经一次又一次地对妈妈说："您会好的，一定会好的！"丹露也这么告诉自己。直到妈妈去世，丹露都怀着那么一丝侥幸，她从来都不敢真的相信妈妈会这么早地离开自己。

　　就在一个月前，妈妈已经无法走动了，甚至不得不靠氧气瓶维持呼吸。那天下午，丹露早早地回到家，听见妈妈用细若游丝的声音对她说："我想下床走走。"

　　丹露走到妈妈床边，俯下身，轻轻抱住妈妈的肩，扶着她坐起来。好像有很长很长时间没有跟妈妈这样近距离地接触了，以至她几乎生疏了妈妈的气息。丹露可以清楚地摸到妈妈突兀的肩胛骨和肋骨。妈妈的身体无力地靠着她，轻飘得像一片纸。

　　后来，好不容易将妈妈扶着站起来。丹露听到妈妈的喘息，那么那么清晰地响在她的耳边。只挪动了两步，妈妈又瘫软下来了。

　　再后来，就是医院的白布，还有妈妈身上那些正被医生一件一件拆除的抢救器械。丹露疯了似的扑上去，拼命地摇她、唤她，然后跪下来求医生："求求你们，再救救她，她没有死，她的手是热的。你们不信？真的，你们摸摸，她的手是热的！"

　　丹露不敢相信，前晚还是活生生的妈妈就这样走了。前一天晚上，刮了风，病房的窗帘被风吹得一飘一荡。窗外的夜空里覆盖着浓云，云被风追赶着，跑得很快，很仓皇。丹露看看天，隐约有不祥的预感。但她还是握紧妈妈的手，说："妈妈，等你病情稳定了，就接你回家。"

妈妈的脸上罩着氧气罩，一句话也说不出，只是紧紧地拽住丹露的手，眼里流出神往的样子。丹露恨自己，这些温柔的话，为什么不早些对妈妈说。丹露已经习惯了和妈妈赌气，说丧气话，仿佛换一种面孔，就不是她自己了。

妈妈也许早就料到了这一天。从秋枫公寓回来后，妈妈就有意无意地教丹露煮饭、做菜；还教她将家里的收入和支出记账；教她将不同季节的衣物分类放置。丹露漫不经心地学着，心里还嘀咕过，爸爸向来都干不好家务，弟弟才六岁，妈妈是在找接班人呀。直到妈妈卧床不起了，丹露才如梦方醒：妈妈真的是在交代什么，甚至，把丹露

以后的成长也托付好了。

五

直到楚家女主人打电话来，丹露才知道她叫尔桐，一个有些奇怪的名字。

楚天很乖，很多题不用丹露教，他就能迅速给出正确的答案。离开时，尔桐拿出50元塞进丹露的手心，说是她教课的薪水。丹露说:“楚天,他很聪明的,根本就不用家教。”

“是吗？”尔桐却是不置可否的样子，“那可能是因为你教得好，才让他开窍了。平时，他很笨的。”

楚天听见了，噘起嘴，走进房间里去。尔桐笑笑，拉过丹露，欲言又止的样子。

“你妈妈她……”尔桐犹豫了一会儿，才说，“我跟你妈妈特别聊得来，其实她最放不下的还是你……”

丹露低下头，眼睛里不自觉地蒙了一层雾水。

“你妈妈很多次问我，‘怎么才能让丹露跟我亲近呢？’她老说，‘这孩子好像心里有个结，越大就越跟我疏远了。有时候，我很想像小时候那样抱抱她，丹露小时候总是黏着我的，现在大了，我反而不知道怎么让她开心了。你知道吗？上次没有带丹露去云南，我心里内疚得不得了，后悔得不得了。丹露没说，但我心里知道，这孩子不乐意，伤心了。我怎么就没有想周全呢？我想跟她说，可刚提一个字，她就转移话题了。除了这件事，还有其他事儿，我们母女，说话的机会太少，我又不知道怎么说，生怕说得不好，把事情弄得更糟。如果哪天我不在了，最牵挂的，就是丹露……'"尔桐说着，眼睛也红了，"我是做妈妈的，特别理解你妈妈的心情。丹露，其实你妈妈真的是非常非常喜欢你呀。"

丹露忍不住啜泣起来。

在回家的路上，尔桐的话一直在丹露耳边回响。这回，同样的路，已经没有妈妈的陪伴了。走到那座下面流淌着河水的小桥上，丹露停住了脚步。上次，妈妈靠在桥栏杆上歇过脚。丹露很清楚地记得妈妈靠过的那个地方。那个地方被调皮的小孩用粉笔画了画，是鬼模鬼样的一张脸，乱糟糟的头发，脸上有迸溅的豆大的眼泪。那次，妈妈还仔细端详了那幅画，说丹露小时候也在墙上画过类似的"杰作"。现在，那张脸的轮廓早已找不见了，但是居然能依稀辨认出几根短短的白色的线条。这一看，时空似乎在瞬间倒流了。丹露呆呆地站在雨里，泪水滂沱地哭起来。妈妈的葬礼上，丹露都没有这么恣意地哭过。此刻，丹露听任泪水流淌，她真的难以相信，她与妈妈的沟通，难道是以

妈妈的死来作为代价的吗？她期待的成长，难道是在这一刻才完成的吗？

雨水渐渐有了止歇的意思，只见西天的天际处，慢慢地开晴了。那个方向，正是家的方向。

　　这是最后一个故事了。用它来作为结尾，有些隐隐的不忍。

　　你一路地走，一路地看风景。你要知道，风景并不都是美的，而让风景变得丑陋的，却往往是我们自己。

　　生活已经在你面前掀开一页又一页新的篇章，它已不再神秘。而我们却从未停止期待和梦想。

　　你见过大海吗？海的表面上有微风、旋风、潮汛、风暴，可在深处，最深处，海水始终是平静的——这才是海真正的博大。

　　倘若走过若干年，成年后的你回首往事，会惊讶地发现：你往往无法回忆起困顿时的确切感受，却可以重新生活在感受到希望的那个时刻里。正是那些微小的光照亮和拯救过我们。

　　我们没有时间孤独，我们没有机会放弃，我们只有欢乐的时间。

第十五个故事
世界美如斯

一、世界另一端

我已经死了。

当脚尖离开阳台的一刹那，我就已经后悔了。可是，我的身体却化作一枚羽毛，乘风而飞。这并不是沉重的坠落，而是飞翔。但我终究不是飞鸟，我要去投向大地的怀抱。

碧桃、黄杨、紫薇、香椿，夕阳的金黄在大片的绿茵上闪耀，它们微笑着迎向我，那浓得化不开的绿在我眼前招摇。还有底楼围墙上的黑色"长矛"，正向我发出狰狞的警告。

我挣扎。

我坠落。

即便此时心中有万千个悔，我依然无法掌控自己的身体，无法让自己回到那个温暖的窗口。

假如真的有天使，她会看见我的身体在空中画出一道优美的向右偏离的弧线，仿佛闪电在夜空里打出的惊叹号。我的衣服轻轻擦过一棵小小的香椿树冠，树枝噼噼啪啪断裂，我听见那棵树低低的呻吟。

我静静地仰卧在树下，一只脚挂在树杈上，脸上却带着似有似无的笑。我在瞬间跌入无边的黑暗，浓得化不开的黑像蛇一样将我紧紧缠绕。

我的周围响起了惊叫、纷沓的脚步声、绝望的唏嘘与哭号。

我的骨头碎了，脑袋浸在鲜血和脑浆里。我试图从饱受痛苦的身体里挣扎出来，再看一眼抱着我哭号的爸爸，再跟他开个无伤大雅的玩笑，可是无济于事。爸爸脱下白衬衣，疯狂擦拭我沾满血水的脑袋，他抽打我的脸，像一个疯子。他的样子变得我完全不认得了。爸爸，对不起，哦，还有妈妈。

　　爸、妈：对不起，我不孝。请你们好好活，忘记我。

　　我留给爸妈的遗书只有这两句话。我最爱你们，在我离开这个世界的时候，留给你们的话却最吝啬。我不知道该说什么，不知道该说什么来回报你们养育我十三年的爱。我憎恶语言，语言可以是蜜，也可以是杀人的利器。就在我坠落的一个小时前，我已经被语言的匕首戳得遍体鳞伤。那一刻我心上的疼远远超过肉体所受的折磨，整个世界都挤压在我心上的某个点，让我无处可逃。

　　但我只能选择用语言来向这个世界告别，向爱我和不爱我的人做个交代。

致同学们：

　　我做了很多错事，伤害了你们。在这里，向你们说对不起。

　　谢谢你们陪我度过两年，即便死了，我也不会忘记的。

　　希望你们能比我快乐。

　　原来想了很多很多要说的，提笔，却全部忘记了。

　　那么，再见。

　　　　　　　　　　　　　　同学　沈若雯

致方老师：

只是一念之差，我就这样决定了。

再过七天，也就是6月20日，是我十三岁生日。

我多希望可以快乐地过一辈子。

其实我是活该，我是自己见过的最肮脏的人。我若留下来，是对同学们的污染，我明白。

我做了很多不该做的事。早就想死了。这样，也挺好。

我只是希望，可以用生命的代价来弥补我曾犯下的错，不论别人是否原谅，我都不会原谅自己。

我真的很脏，很坏。

没有太多想说的了。

谢谢你。

学生　沈若雯

这就是所谓的"遗书"。我生命最后时刻的急就章。它们或许会像我的作文一样在课堂上或者其他我意想不到的场合被朗读，而朗读者又将用怎样的语调来念这些句子？

对于这个世界，每个人都是匆匆的过客，仿佛流星划过天际。我留下的轨迹虽然短促，但我存在的每个日子都

是明亮的。我在明亮的时间里像飞鸟一样滑翔。现在，我坠入黑暗。尽管，我是那么不舍！

人们都说我过得很快乐。我是家人和同学们的开心果。我总是面带微笑，充满阳光。在班上，我大概是最不受父母管束的一个。爸爸妈妈民主开明，从不限定我玩电脑、看 NBA 球赛转播的自由。他们都是研究生毕业，20 年前离开家乡来到这座大都市求学打拼，他们懂得这个年龄的我需要什么。刚上初一，爸爸妈妈和我约法三章："信任，向上，不偷看。"这三条，我最中意"不偷看"，无论是日记、QQ 空间还是手机短信，我都不用担心被偷窥。可是，我并没有向千秋描述我对爸爸妈妈的不满。我习惯把笑容给别人，把眼泪吞进肚子里。

千秋说："我真想和你交换爸妈！"千秋是我最好的朋友，不，只能说曾经是我最好的朋友。眼下，假如她知道我已远离开这个世界，会不会后悔和我曾在校门口声嘶力竭地争吵，会不会还想和我交换爸爸妈妈？

这个世界会否因为我的离开有所不同？会否让讨厌我的人真正释然？在最后一节课短暂却带有毁灭性的痛楚中，

我知道自己终将走上这条不归路。从十楼跃下的那一瞬，我后悔了，可我又感受到某种轻松。这是一条通往天堂的路吧，我在飞翔中看见自己的梦碎裂成万千飘舞的金箔，它们迷蒙了我的眼，渐渐融入傍晚的血色夕阳。

二、千万个问

雯儿，你为什么要这样做？！

是什么让你如此决绝地走上不归路？

你把一个难解的谜抛给了最爱你的爸爸妈妈，你知道自己有多残忍？

爸爸永远记得那个早晨，到死都不会忘记。像往常一样，我开车载你去上学。我们沿着绿叶葱茏的街道，一路向西。你在我身边有说有笑。

"疙瘩解开了吗？"我问你。

"Nothing is problem!"你的音调又轻快得像只小鸟了。

关于那个疙瘩，我们心照不宣。这些日子，你曾愁眉不展，因为你珍视的友谊遭到了背叛。

爸爸是一个大人。在大人眼里，对小孩子来说，没有什么坎是大不了的。我们习惯用轻描淡写来化解你的烦恼。而你，一个生性乐观的女孩，我们不相信，你会被一点小

烦恼缚住手脚。

前一天晚上，你房间里的灯久久不熄，你面对着作业本发呆。妈妈问你出了什么事，你只是摇头。

经不住妈妈和我的轮番追问，你才道出原委：原来你与最好的朋友千秋的友谊发生了危机。千秋泄露了你的秘密。你们曾经约定除了彼此，谁都不告诉。千秋不但传播了秘密，在你找她对质后，她却在给别人发的短信里侮辱了你。你不肯说千秋骂了你什么，你只是一脸困惑，反复问道："好朋友怎么可以这样？"

我们没有问，千秋泄露了你的什么秘密。我们以为这是对你的尊重。可是，我们真该问一问。我们小看了大人眼里的小伤害对未经世事的你，却可能是过不去的鸿沟。我们只专注于解决你眼前的问题。

是啊，在你眼里，所有人都应该像你一样，单纯、透明、热情、赤诚，你的世界是纯色的，没有阴霾、虚假和躲闪的敷衍。

妈妈告诉你，世界有多种颜色，朋友也是一样，有各种类型，长大的过程中会认识不同类型的朋友，你也会渐渐明白用什么样的方式去与他们相处。

你是一个早慧的孩子。你爱读书，小小年纪，已经熟读了曹雪芹、杜拉斯、村上春树和茨威格，可你未必能感同身受那些文学里的世界。你无法明白，一个人的长大不仅依赖书本，更需要去经历，需要付出泪水的代价。

你和我们的交流平等真诚。熄灯前，你长长呼出一口气："我要好好学习！"这一声轻微的叹息让我和你妈妈松了口气。一场友情危机似乎是过去了。

现在，太阳照常升起。你又在我身旁嬉笑了。

学校到了。你跳下车，问我："老爸，你的胃不疼了吗？"这些日子，我的老胃病又犯了，你总是体贴地嘘寒问暖。

"不疼了。"我说。

你灿烂一笑："再见！"便背着书包奔进了校门。

这一天，爸爸一直都想着你。

送完你，我去中医院配了胃药，又急匆匆赶回家。中午前，工人来家里安装新买的液晶彩电，这是你盼望已久的电视机。我心想，晚上就能和我的雯儿一起看新电视了。亲爱的雯儿，你是我和你妈妈的全部，自从你来到这个世界，彻底改变了我们的生活。无论遭遇什么，只要想到你，我们心里都会甜。

下午，我又去菜场买了你最爱吃的基围虾和芦蒿。五点，你回家时，我已经在厨房里准备晚饭了。

这个傍晚和平常没什么两样。不，是我太粗心，我没有察觉到进门的你心里已经掀起了惊涛骇浪，不，可能在

那时你已经心如死灰。

我背对着你说：“雯儿，电脑关不上了，你去看看有什么问题。”

从房间里传来你的声音：“有病毒，打个补丁就行了。”

过了一会儿，你又说：“今天作业多，我去做作业了。”

我打趣道：“那好，早点做作业，早点吃饭，早点看电视。”

我听见你把门阖上的声音。

这以后的短短几分钟，现在想来却是万分漫长。那段时间已经化作了滔滔洪水，将你与我们相隔，你把自己囚在了对岸，在你身后，是渺茫的虚空和绝望。

我把炒好的芦蒿端上桌，电话铃响了。是你的同桌小雪打来的，她问：“沈若雯在家吗？”

我说：“在。”又随口问了一句，“你有什么事吗？”

话音未落，小雪就把电话挂了。

我心里一惊，忙叫道：“雯儿，小雪的电话你怎么不接？”

没有回答。

你的房门开着，台灯却暗着。我以为你在卧室里看电视，可是那里也没有人。转身出来时，我一眼看到阳台上有一把椅子，心里再次一惊，奔到阳台伸头一看，你已经跳下去了……

我疯了一样大叫，狂奔下楼，掏出手机拨打 120。奔到

楼下，看到你已被保安托着放在花坛边的小路上。我紧紧地抱住你大叫："雯儿啊，你挺过来啊，你挺过来。"可是你再也不理睬我了。我口对口徒劳地给你做人工呼吸。这时120来了，一番抢救后，医生摇摇头。我脱下白衬衣擦拭你脸上的鲜血，邻居递过来一块湿纱巾说："用这个擦擦吧。"

我一边擦一边端详你，你躺在我怀里，像睡着了一样，乖乖的。

可是，我的雯儿，这究竟是为什么？！

是什么让你放弃了挚爱的爸爸妈妈，放弃了宝贵的生命，放弃了整个世界？

我千万次追问。

风呼呼地吹，却没有答案。

三、我是千秋

我是千秋。曾经是沈若雯最好的朋友。

这些天，我每晚都会梦见沈若雯。她穿白衣，扇动着翅膀从我窗前飞过。她的脸上带着笑，我甚至听到她的笑声，那笑声叮叮咚咚洒在房间的角落里。然后我就惊醒了，睁眼到天亮。从学校回来，我就躺在床上，也不想吃饭。妈

妈说我像变了一个人，她担心我。

我在寂静中与沈若雯对话：离开我们的日子，你还习惯吗？我特别不习惯，你知道我有多想你吗？你知道我有多后悔吗？你肯定不知道。我特别恨我自己，为什么没有多看你两眼；我特别恨我自己，为什么没有多听听你的声音；我特别恨我自己，为什么要和你争吵，说了那么多不该说的话。可是，容不得我后悔，一切都来不及了。校园的水杉树下再也不会有我俩秘密的耳语，再也不会有校门口那场让我追悔莫及的争吵。

那天在校门口，我说了什么，沈若雯又说了什么？

我们仿佛被上帝昏乱的指头点到，成了彼此眼中的陌生人。

"你为什么要背叛我？"她的眼睛红红的，质问我，"为什么要把我的秘密说出去？"

她的样子好吓人。我的心里堵得慌，脱口而出："那是你自作自受！"

两个月前，沈若雯给我看了她的日记。有一篇是写给初三的 W 的，原谅我，我只能用 W 来代替那个人的名字。直到沈若雯离开这个世界，W 或许都还蒙在鼓里。他永远都不会知道，沈若雯为他写过如此美丽的文字。她在日记里写：他比同龄的男孩成熟得多。她喜欢看他默默地背着

书包穿过水杉树林的背影；看他站在宣传橱窗前，脸上带
着沉思的表情……她在远处偷看，期待他回头，给她捎来
意味深长的一瞥……

日记的风格和平常活泼的她判若两人。沈若雯说，W
永远都不会知道她的心事。

她让我发誓决不说出去。我答应了。

可是，事情的发展难以预料。不久之后，便发生了"手
机事件"。

那个星期三的中午，沈若雯的同桌小雪突然向班主任
方老师报告，说她的手机不见了。

最近班上出了不少事，期中考试我们班的总分落到了
年级最末，两个男生在校园里打架给校长撞见了，上课纪
律也有些混乱，任课老师告状不断。进入了初夏，大家心
里仿佛有什么蛰伏的东西苏醒了，有一点动荡，也有一点
不安。面对一连串的麻烦，方老师焦头烂额。我们几乎每
天都要被她训话。方老师教语文，性格特别爽利，说话像
炒豆子，直来直去。说实话，我们都怕她。她说话的音调
很高，很有穿透力，据别班的同学说，她训我们的声音穿
墙而过，在操场上都能听见。

偏偏在这个节骨眼上，小雪的手机又不见了。

方老师的脸色像是挂了霜，她关上教室的前后门，说：

"谁都不准出去。"

答案很快水落石出。

方老师让同桌互相翻检书包和衣服口袋，大家只好象征性地做了。谁都没有想到，居然在沈若雯的书包里找出了小雪的手机。连小雪自己也愣住了。

沈若雯满脸通红地站起来，嗫嚅道："我只是想借她的手机发短信。"沈若雯是学习委员，在她身上发生这样的事当然令人感到意外。

是的，她真倒霉，她只是偷偷拿了小雪的手机发短信。还没来得及还回去，小雪就向方老师报告了。而方老师呢，马上心急火燎轻而易举地破了"案"。

可是，沈若雯为什么要偷拿小雪的手机发短信？她自己的手机呢？

据沈若雯解释说是因为期中考试没有考好，被她妈妈没收了。

她又是给谁发短信呢？是谁值得她不惜冒险偷拿别人的手机来联络？

小雪的手机上显示了收信人号码，还有匆忙间发出的一条不完整的短信，大意是讨论上午的 NBA 球赛的比分，并没有特别的内容。

当天放学前，方老师就把沈若雯的爸爸妈妈请来了学

校。据说，当时沈若雯在办公室里哭得很伤心，因为她的妈妈说她触及了道德底线。"做人要有底线！"在场的小雪学沈若雯妈妈的话给我听，我们都觉得那句话很严重。

那以后的一段日子，沈若雯都很沮丧，她把 QQ 空间的底色也换成了黑灰色，每天在上面写一些颓废的文字。我们之间的交往也有了些微妙的变化，有时放学，她不等我就径自回家了。可以前，我们哪一次不是肩并肩走出校门的？我很纳闷。

后来，小雪几次三番问我，沈若雯究竟发短信给谁。我经不住问，忍不住说出了心里的猜测，也许是初三的一个男生，我说。说出这句话，我心里竟有一丝隐约的快意，也是发泄这些天对沈若雯疏远我的不满。但我发誓，我没有说更多，更没有说出 W 的名字。

不知怎的，我的话传到了沈若雯的耳朵里。她愤怒地找到我质问，于是就有了校门口的争吵。如果没有这场争吵，就不会有那可怕的"最后一课"。

现在，我后悔极了。雯雯，平常我都是这么叫你。我有好多话想对你说，却不知道从何说起。我拼命回想你的样子，恨不得用刀，一笔一画将你印刻在我心里，一辈子不忘。假如有来生，我还会做你的好朋友。一定要记住，以后在那个世界，只准快乐，不准伤心。

四、最后一课

我是小雪。

我一直在伤心地回忆有关她的一切。我身边的座位空着，仿佛在提醒我，以后再也见不到她了，见不到她露出两颗小虎牙，放肆地冲我笑；也听不到她说话的声音，她像一个热烈的小太阳，走到哪里都有生气。现在，她永远地沉默了。

放学后的校门口像往常一样热闹和甜蜜。铁板上的鱿鱼串吱吱地冒着烟，卖凉粉的阿姨正往刨成丝的凉粉上撒黄瓜丝和榨菜末，商店里的小东西琳琅满目地挤到街边来了，还有老婆婆晒太阳的长条板凳整齐地排着队……所有这些，她都看不到闻不到了。

妈妈买回来两斤蚕豆，我帮着剥豆。剥完豆，我挑了最大的两颗，心里面想着她，在上面用小刀分别刻上"幸福"和"开心"。我把它们埋在了泥土里，来年它们会发芽吗？希望天堂里的她不寂寞。

那个关键时刻，是我给沈若雯家里打了电话。是方老师让我打的。因为我告诉方老师，放学后，沈若雯神情低落地对我说："可能明天，你们再也见不到我了。"她的眼睛肿得像核桃。

我被她的话吓了一跳。走出校门后还是反身折了回去。听了我的话，方老师怔了一会儿。我无法描述她的表情，她的胸口好像被什么东西猛击了一下，脸色倏地煞白。从沈若雯离开学校，到我给她家里打电话，不过半个小时。

几乎是同时，方老师的手机响了。她听着电话，电话可能是沈若雯爸爸打来的。方老师的手不由自主地颤抖，身体向后倒去，虚脱地靠在一面墙上。她什么也没说，跌跌撞撞地向门外走去。

我后来才知道，方老师是准备去沈若雯的家，但她最终没有走到。她没走几步，便再也迈不动步子了，瘫软在学校附近。

沈若雯死了，是跳楼死的。就在她对我说了那句话的半个小时后。

不断地有人来问我同一个问题，沈若雯的最后一课上发生了什么？

那节课上发生了什么，班上的所有人都经历了，但我们都低着头，没有人敢抬头看。

这本来是节自修课。在平常，我们都是各写各的作业，方老师则坐在讲台前批改作业，也会即兴叫人上去沟通习题。这样的课一般比较闲散安静，但那天气氛却很不一样。

方老师走进教室时脸色就很难看，她神色严肃地评点了当天我们的表现，并没有让我们马上自修，而是说："今天，我们还有些事情需要处理。"

我感觉到同桌沈若雯的异样，她始终沉默着，低头用手指绞着自己的衬衫前襟，那里已经被她揉得皱巴巴的。

她低低地说了声："那就处理吧。"我才意识到方老师说的事情和沈若雯有关。

果然，方老师接下来的话就直指沈若雯。

"昨天，沈若雯和千秋在校门口吵架吵得很厉害，对我们班造成了不良影响。"方老师尖脆的声音撞击着墙壁。

沈若雯沉默。

"我今天上午找她们两个人都谈了，千秋认识到自己的错，但沈若雯的态度并不好。"方老师说。

然后，方老师点了千秋的名字，让她走到讲台旁边来，打开班上的公用电脑。所有人都如临大敌，明白一场暴风骤雨即将来临。

方老师要千秋打开的是沈若雯的 QQ 空间，她的空间密码几个好朋友都知道。但是，教室里的网络不好，空间

无法打开。于是方老师说，去办公室吧。

千秋跟着方老师去了她的办公室，前后大约十来分钟。我心里纳闷，为什么沈若雯的空间非得千秋来打开。

这十来分钟，坐在我身边的沈若雯始终低头沉默。我问她究竟是怎么回事，她像没听见一样，干脆趴在桌上闭上了眼睛。

十分钟后，方老师和千秋回到了教室。方老师脸色涨得通红，手里挥舞着一张 A4 打印纸，我们都猜到，那一定是 QQ 空间里的文字。

千秋尴尬地站在讲台的左边，像是罚站。

沈若雯仍旧没有抬头。

方老师盯着沈若雯看，一字一句地说："沈若雯，你上来。"

沈若雯抬起头，从座位上站起来，慢慢地走了上去，站在了讲台的右边。

我替她捏了一把汗。尽管并不知道发生了什么，但凭着对方老师的了解，我有不祥的预感。

方老师看了一眼手上的 A4 纸，说："你能不能告诉我在 QQ 空间上对千秋说了些什么？"

沈若雯没有回答。

方老师继续说："什么叫'我对你够好了，没有让你缺

胳膊断腿儿。'"

沈若雯仿佛是随口回答："只是恐吓她而已。"

方老师说："你应该知道恐吓的分量和含义。如果你是成年人的话，恐吓就成为犯罪了。其实每个人出生时都是好人，都没有问题，但是为什么现在会有监狱？监狱就是为你这样的人准备的。"

沈若雯不吱声，眼睛红了。

方老师又说："你这样和同学闹矛盾，是不是不想在这个班、在这个学校待了？"

沈若雯摇了摇头，还是没有吱声。

"你是中队委员，你很聪明，在学习上确实没有大问题，而且你的爸爸妈妈还是很关心你的，就像他们跟我提到过的，如果你学习没问题，就把手机还给你。他们现在不是遵守了他们的承诺吗？"

这时沈若雯抽泣起来："我是有手机了，那又怎么样，他们也就只关心我的学习成绩，一天到晚就是叫我做练习，

其他什么都不管，我也懒得跟他们多说。"

方老师提高了嗓音："这个问题我会帮助你与你的爸爸妈妈沟通的。你先反省自己，你是很会写，却把长处用在恐吓别人身上，用在说朋友坏话、诋毁别人身上。让大家看看你都写了什么！"

她把 A4 纸扔到沈若雯脸上："你这样做真的很坏、很脏，你在这个班上，会污染其他人……"

沈若雯蹲下来，抱住自己的身体，无声地哭。

方老师却没有停止："沈若雯，你不要挑战我的极限，也不要考验我的耐心，更不要用死来吓唬我！"

后来，我才知道，这些话是和沈若雯的 QQ 空间一一对应的。她的空间里写过类似的句子："如果方老师再这样对我，我就流浪到你家混混，不行的话，我就跳楼。你到我的房间把东西收拾好，我到阴间好享用……"

但在当时，大家只敢眼观鼻、鼻观心，佯装埋头写作业。方老师的声音一下一下挠在我心上，就像小猫抓，让我时不时打冷战。

沈若雯一言不发，哭个不停。

方老师的训斥持续了将近半个小时，好不容易挨到下课铃响，大家心里都松了一口气。沈若雯哽咽着回到我身边，我不敢看她，也不敢和她说话。

准备离开时，她幽幽地对我说了一句："可能明天，你们再也见不到我了。"

五、无数陌生人

对于整桩事件，我是一个陌生人。

无数的陌生人置身于事件之外，但又不得不身处其中，去追问，去探究。

那个七月的深夜，已经有了酷暑的燠热与潮湿。我正准备入睡，手机突然响了一下，是一条短信。发信人是一位我久未联系的老友，姓沈。他就是沈若雯的爸爸。短信说，请你看看某月某日的某报报道，落款是自杀女孩的父亲。

于是，我才知道了沈若雯。知道了一个月前，一个13岁女孩生命里的黑夜和她父母撕心裂肺的绝望。

这个女孩在死后并没有得到平静，围绕着她的死，是一连串的调查、问责和无休止的追查。她的葬礼拖到死后一个月才举行。

我去了沈若雯的葬礼。

那天天气酷热，沈若雯的妈妈穿了件黑绉纱、黑花边的裙子，四十出头的年纪，头发却在一个月里花白了，她爸爸浓密的头发也剃光了，乍一见，几乎认不出来。女儿

走后的日子，夫妻两人的世界陡然换了人间。

念完悼词后，沈若雯的爸爸妈妈将一枝鲜红色的康乃馨轻轻放在水晶棺木上。开了冷气的吊唁厅里站满了人，多半是大人，偶见几个面色苍白泪流满面的孩子，他们一定是沈若雯的同学。但我没有看见沈若雯的班主任方老师。

敞开的门外，不断有热气涌进来。

夏天最厉害的暑热来临了。

葬礼是平静的，没有仇恨，也没有哭天抢地的场面。半个小时后，我们默默地离开，眼前的大理石广场被太阳晒得明晃晃的，仿佛雪雾后的原野，凄白而苍凉。

我想起我自己。

大约6岁那年的某天，我做错事，被母亲痛骂了一番。母亲说了什么，我现在全然不记得了，但还清晰记得当时的心情，我憎恶自己，觉得自己很脏很坏（恰如沈若雯生前得到的评价），有那么一刻，我感受到了灰暗的绝望。我悄悄地离开了房间，来到厨房，从抽屉里摸出一把水果刀。我试着用水果刀的尖端去刺自己的胸口，"我不想活了。"心里涌出这个念头的同时，眼泪唰唰地下来了。

6岁的小孩子，并不懂得生死之艰难，却也懂得永远的了断是种解脱和对自己的惩罚。水果刀并没有刺进去，因为穿的衣服太厚，也因为毕竟还没有彻底绝望，依然留恋

生之美好。

这个世界上，有什么可以让我们彻底断念呢？

我又想起高中时的一个男生。高二那年，男孩罹患胰腺癌。他的生命犹如蜡烛最后的火苗，孱弱飘摇。病床上，他全然变了模样，干瘪蜡黄，犹如一片奄奄一息的枯叶埋在雪白的被单里。在这枯槁的外表下，却搏动着一颗17岁少年渴求生命鲜活的心！

从男孩的葬礼出来，眼看焚尸炉的烟囱飘出青白的烟，那烟很快和天上的云丝融合在一起。当年17岁的我心里除了巨大的悲伤，还充满了巨大的不相信和不可思议。

生命，它是多么多么的重；可它，又是多么多么的轻。

沈若雯在照片上灿烂地笑着，她微眯着眼睛，眼神清澈地看着她离开后的世界，却把一连串问号抛给活着的人，也把永无止尽的伤痛留给挚爱她的亲人。

我相信，这个13岁女孩的内心一定有着太多不为人知的曲折与奥秘，她走向绝望的路看似只有半个小时，实则漫长而辛苦。

又有谁曾经悉心而体贴地探索过她那段长长的路？

每个人都曾经历过成长。

我只愿，每个大人都不要忘记自己年少时曾有的懵懂、彷徨、困惑和不可理喻；每个成长中的孩子，都要相信自

己的美好与清白。

这个世界美妙与丑恶并存，长大的过程，走的何尝不是一条披荆斩棘的道路？又怎能甘心走了一半就先输给自己？

沈若雯去了天堂，但是，世界美好如旧。

阳光会覆盖所有的阴影。

让欢乐伴随着美好的音符都来吧！尽情地拥抱它们，当你年少时。